STAR WARS

WAS IST WAS IM STAR WARS-UNIVERSUM

BOBA FETT

WILHELM HEYNE VERLAG
MÜNCHEN

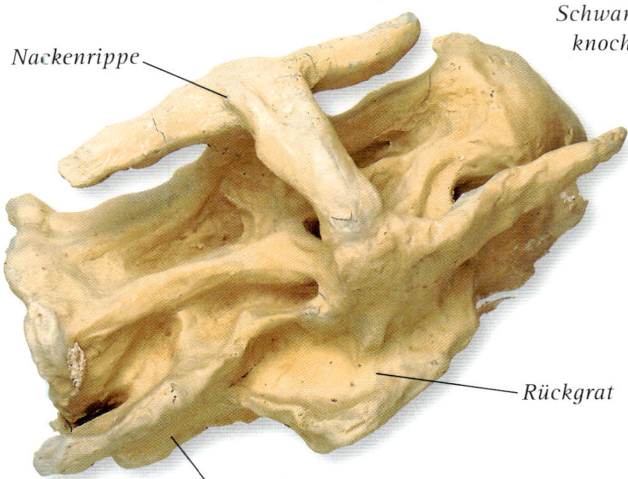

SANDKREATUR-NACKENWIRBEL

KNOCHEN EINER TATOOINE SANDKREATUR

LUKE SKYWALKERS GÜRTELSCHNALLE

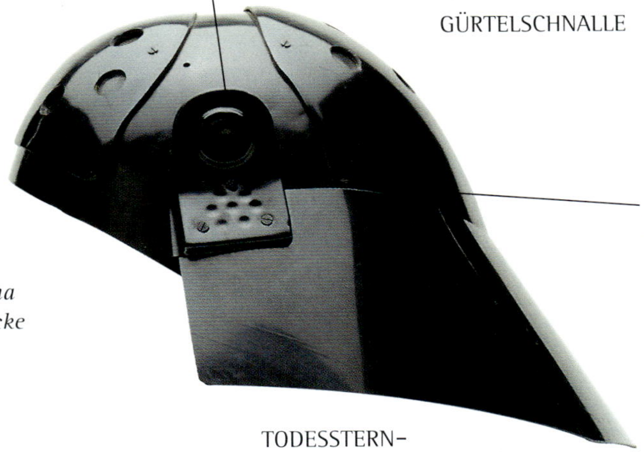

TODESSTERN-TRUPPENHELM

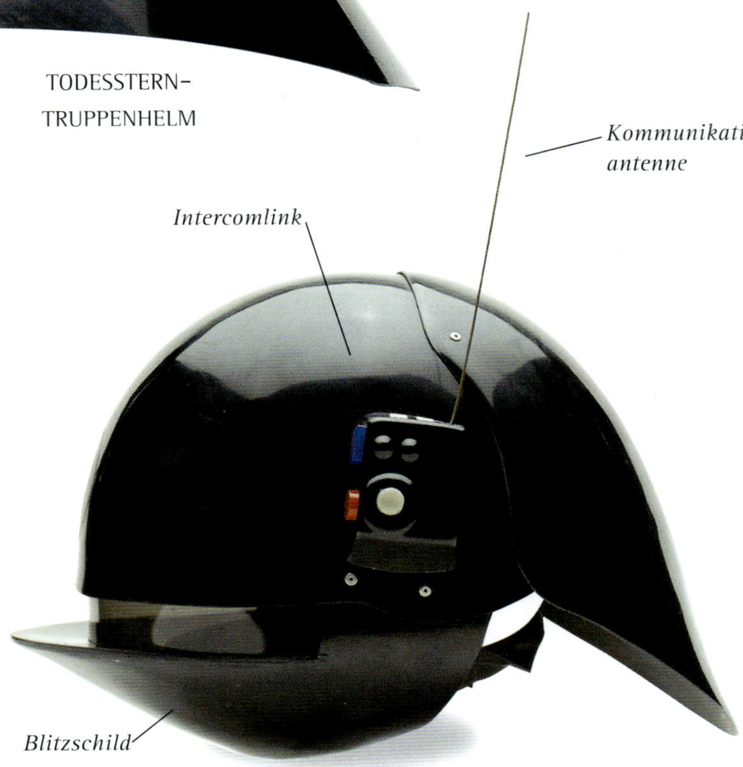

TODESSTERN KANONIERSHELM

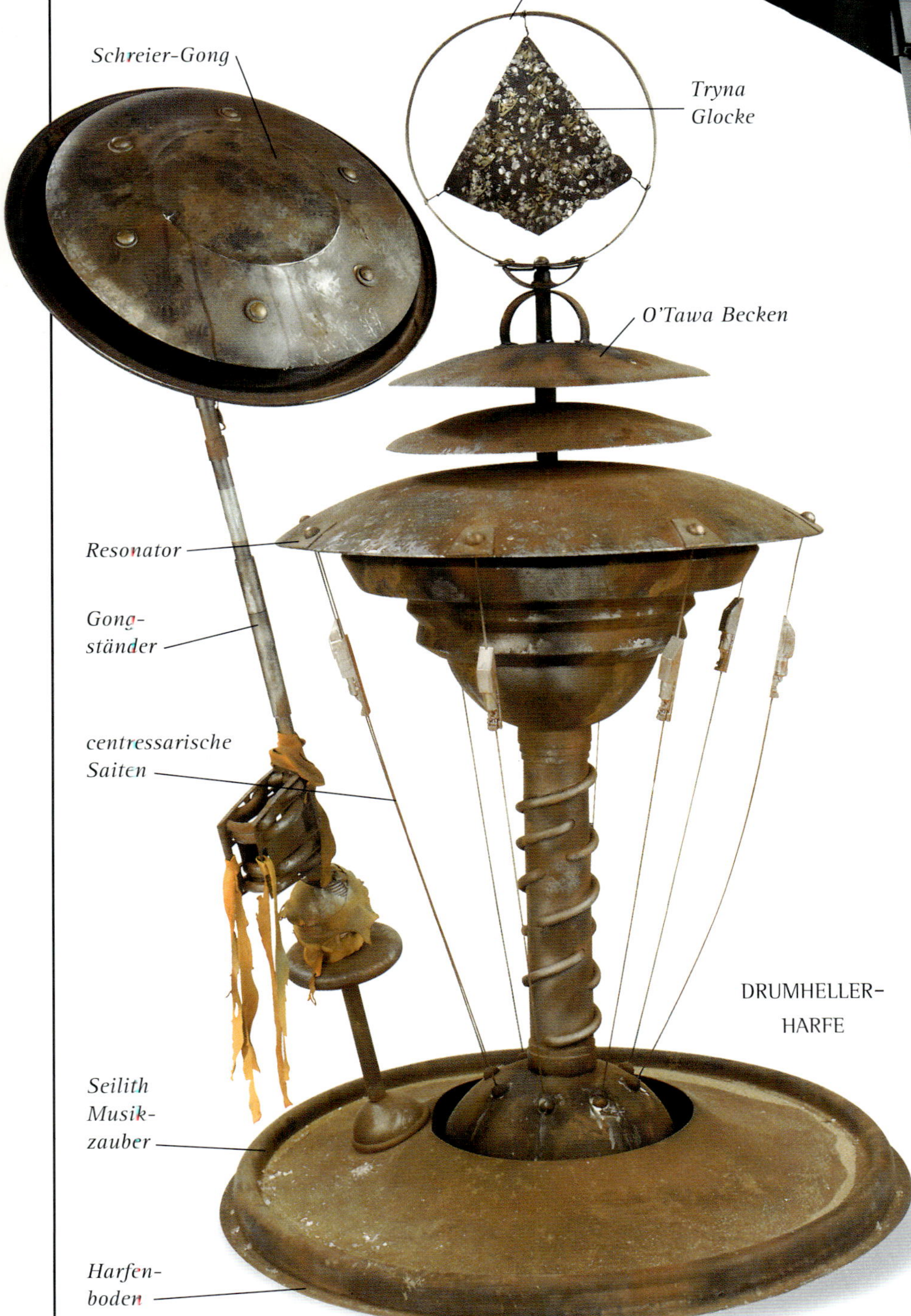

DRUMHELLER-HARFE

DARTH VADERS LICHTSCHWERT

LICHTSCHWERT-
ENERGIEKERN

STAR WARS

STOCK DES
IMPERATORS

WAS IST WAS IM STAR WARS-UNIVERSUM

DAVID WEST REYNOLDS

Mit speziellen Modellen von
DON BIES & NELSON HALL

und neuen Photographien von
ALEXANDER IVANOV

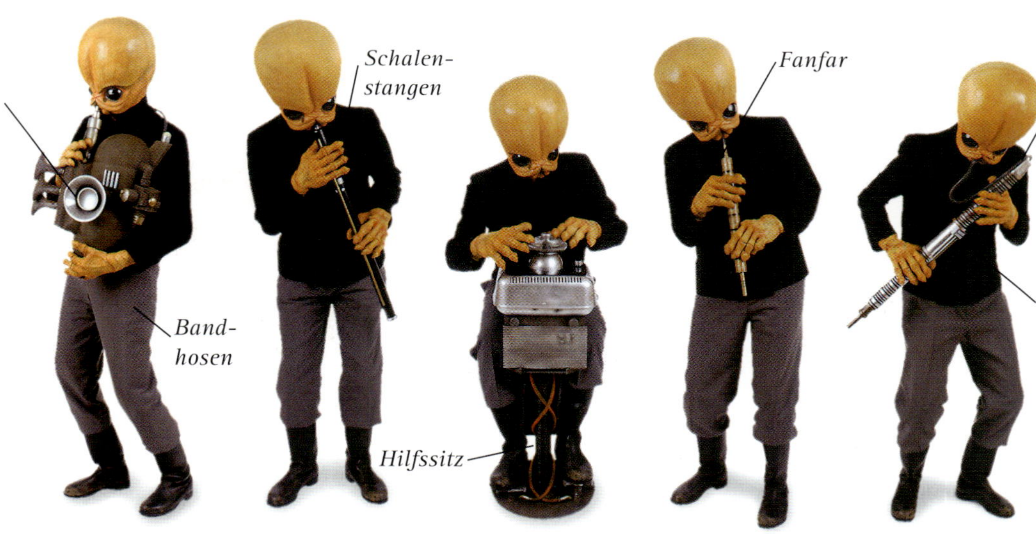

FIGRIN D'AN UND DIE MODAL NODES

LUKE SKYWALKERS
GÜRTELSCHNALLE

Inhalt

GRAND MOFF TARKINS CODEZYLINDER

ADMIRAL MOTTIS CODEZYLINDER

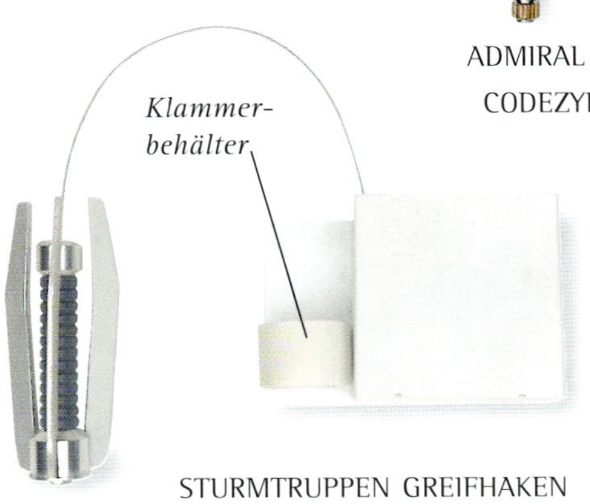

STURMTRUPPEN GREIFHAKEN

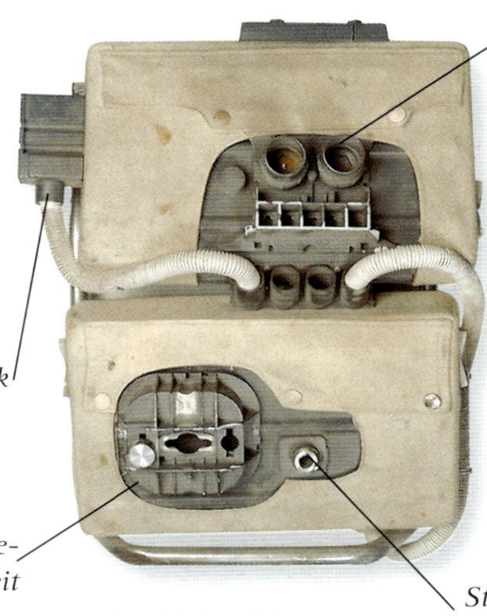

ENDOR-RUCKSACK DER REBELLEN

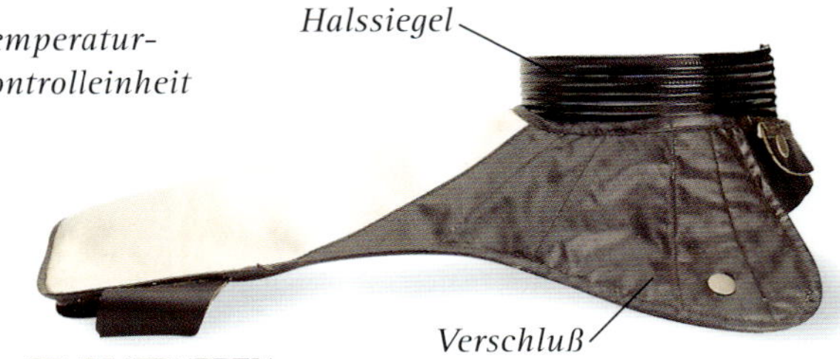

STURMTRUPPEN-UNTEROFFIZIERS-SCHULTERKLAPPE

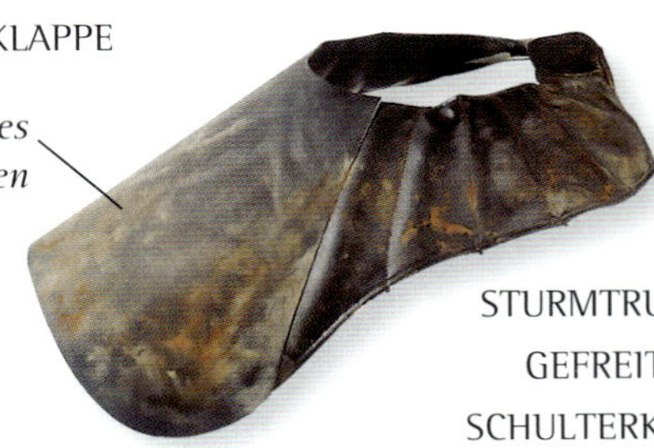

STURMTRUPPEN-GEFREITEN-SCHULTERKLAPPEN

Einleitung

DIE PHANTASTISCHE WELT der STAR WARS-Trilogie ist fast zu einer Art eigener Realität geworden. Die für den Film geschaffenen Kostüme, Waffen, Technologien und andere Dinge, die in diesem Buch vorgestellt werden, tragen die Dellen und Kerben von langem Gebrauch, das Aussehen von echter Funktionalität und die überzeugenden Details von wirklichen Gegenständen. Die Charaktere, Kreaturen und Droiden aus STAR WARS erhielten Hintergrundgeschichten und persönliche Vergangenheiten, die sie schließlich zu ihren Auftritten im Abenteuer auf der Leinwand führten. Diese außergewöhnliche und vielschichtige Konzeption des Krieg der Sterne und seines Universums ist es, was die Phantasie so wirklich erscheinen läßt; die hingebungsvolle Arbeit von vielen inspirierten Künstlern und Darstellern schmiedete ein so detailliertes Universum, daß es selbst der genauesten Prüfung standhält – und außerdem entdeckt man in diesem großartigen Gesamtkunstwerk immer wieder neue Feinheiten.

In diesem Buch werden die wichtigsten Elemente der Saga detailliert erklärt und mit solcher Klarheit präsentiert wie nie zuvor. Hier können Sie dieser erfundenen Realität selber nahe kommen - denn in ihren Händen halten sie einen Führer und Reisepaß zu einem Ort, wo Blasterschüsse nach Ozon riechen und Steintäler auf Tatooine mysteriöse Augen in der Dunkelheit verborgen halten. Folgen Sie uns!

Willkommen in der Welt von STAR WARS.

STURMTRUPPENHELM, QUERSCHNITT

Spezielle Technologie

SEIT TAUSENDEN VON JAHREN existiert Hochtechnologie in der Galaxis, kam und ging mit dem Aufstieg und Fall von Zivilisationen. Die Entwicklung von Technologie hat viele und seltsame Wege eingeschlagen, und was einer Kultur als natürliche Entwicklung erschien, wurde von anderen Jahrhunderte lang übersehen. Traditionelle Technologie wie das Lichtschwert der Jedi-Ritter blieb für Jahrhunderte unverändert, während militärischer Druck neue Innovationen auf Gebieten provozierte, die zuvor für Jahrtausende unverändert geblieben waren. Wo Kulturen aufeinandertreffen, fallen fortschrittliche Gegenstände oft in die Hände von ansonsten primitiven Gruppen, und so benutzen viele Kreaturen Technologien, die sie selbst kaum begreifen können.

Komplexe elektronische Komponenten können von Ionenschlägen unterbrochen werden. Ionenkanonen können Raumschiffe ausschalten, ohne sie zu beschädigen. Der von Jawas hergestellte Ionisierungsblaster, der Droiden lähmt, arbeitet auf dieselbe Art.

DARTH VADERS LICHTSCHWERT

OBI-WAN KENOBIS LICHTSCHWERT

LUKE SKYWALKERS ZWEITES LICHTSCHWERT

Die Lichtschwerter haben oft persönliche Geschichten: Darth Vaders Lichtschwert sieht immer noch so aus wie das, das er als Jedi-Schüler benutzte, nur dunkler. Luke Skywalkers Lichtschwert ähnelt dem Typ, der von seinem Mentor Ben Kenobi gebaucht wurde.

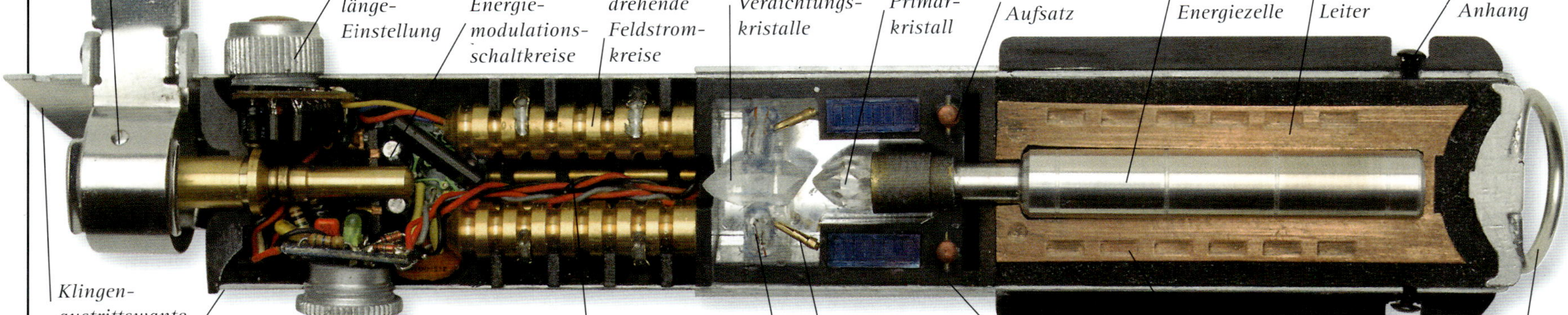

Lichtschwerter

Lichtschwerter gleichen sich vom Grundaufbau, werden aber oft von ihren Jedi-Erbauern individuell verändert. Obwohl die reine Energieklinge keine Masse und kein Gewicht besitzt, erschaffen die elektromagnetischen Bogenwellen einen starken gyroskopischen Effekt, der die Handhabung des Lichtschwerts zu einer wahren Herausforderung macht. Betrieben auf Grund eines komplizierten Prinzips von eng kontrollierter Bogenwellenenergie, benötigt das Lichtschwert Bündelungselemente aus natürlichen Kristallen, die nicht synthetisiert werden können. Jedes Lichtschwert muß individuell eingestellt werden, da es keine Patentlösung für die schwierige Ausrichtung der irregulären Kristalle gibt und der kleinste Fehler die Waffe beim Einschalten zur Detonation bringen würde.

Luke bekommt das Lichtschwert seines Vaters

Das legendäre Lichtschwert ist die traditionelle Waffe der Jedi-Ritter, Wächter über die Gerechtigkeit für viele Generationen. Der Bau eines Lichtschwerts ist die Bewährungsprobe der Jedi-Schüler: die hochkomplizierte Feinabstimmung ist ein Beweis ihrer Sensibilität gegenüber der Macht.

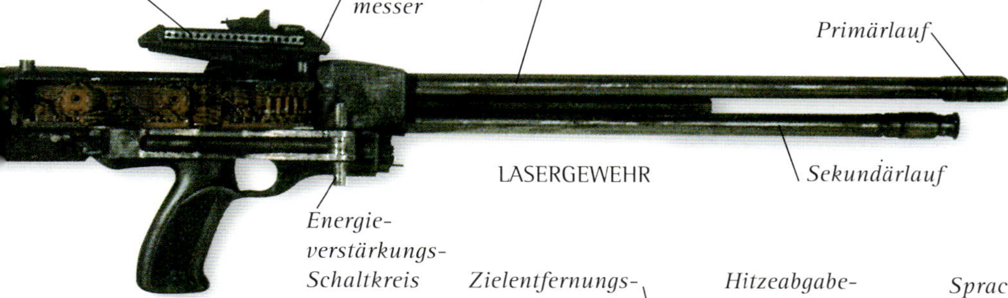

LASERGEWEHR

LASERKARABINER

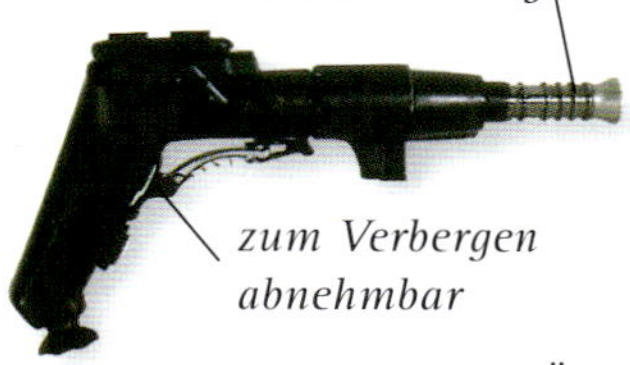

SPEZIAL-BLASTER FÜR
KURZE ENTFERNUNGEN

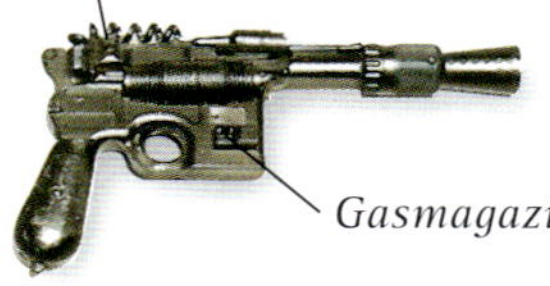

HANDBLASTER

Blaster

Normale Blasterwaffen verwenden Hochenergiegas als Munition, das von einer Kraftzelle aktiviert und dann in Plasma umgewandelt wird. Das Plasma wird von einem magnetischen Effekt gebündelt, um durch Druckkomponenten als ein zusammenhängender Energiestrahl auszutreten. Die unvermeidliche Instabilität des Plasmas begrenzt die Möglichkeiten, einen Laserstrahl genau ins Ziel zu lenken, aber wenn man seine Waffe gut kennt, kann das die Treffsicherheit erhöhen. Die Plasmaenergie des Strahls löst sich im Flug auf, und begrenzt so die Reichweite der Energie. Eine größere Reichweite können spezielle Waffen erzielen, wenn die Plasmaenergie-Trägerwellen durch zusätzliche Galvanschaltkreise, Linsenkristalle oder andere Druckvorrichtungen stärker konzentriert werden.

Droiden

Mechanische Wesen wurden bereits vor Jahrhunderten entwickelt. Während ihre Funktionalität schnell ziemlich weit entwickelt wurde, hat sich die Nachbildung von wahren Gefühlen als schwierig erwiesen und sogar als gefährlich. Die meisten Droiden erhalten daher nur die Fähigkeiten, die sie zur Erledigung ihrer unmittelbaren Aufgaben benötigen. Die meisten verständigen sich untereinander nur mit elektronischen Tönen, und sind unfähig, mit Menschen direkt zu kommunizieren. Neue Meister verändern normalerweise das Verhalten eines Droiden, um ihn seiner neuen Umgebung anzupassen, und löschen seine alte Erinnerung. Ein typischer Droide lebt daher mehrere Leben, ohne seinen Ursprung zu kennen. Den wenigen Leuten, die Droiden bewußt beobachten, kann auffallen, daß sie im Laufe der Zeit, tatsächlich Persönlichkeit und eigene Gefühle entwickeln, die auf ihren Erfahrungen beruhen. Im Imperium sind Droiden gegen Mißhandlungen nicht gesetzlich geschützt; Besitzer, die ihnen mit Respekt begegnen, werden oft als seltsam angesehen.

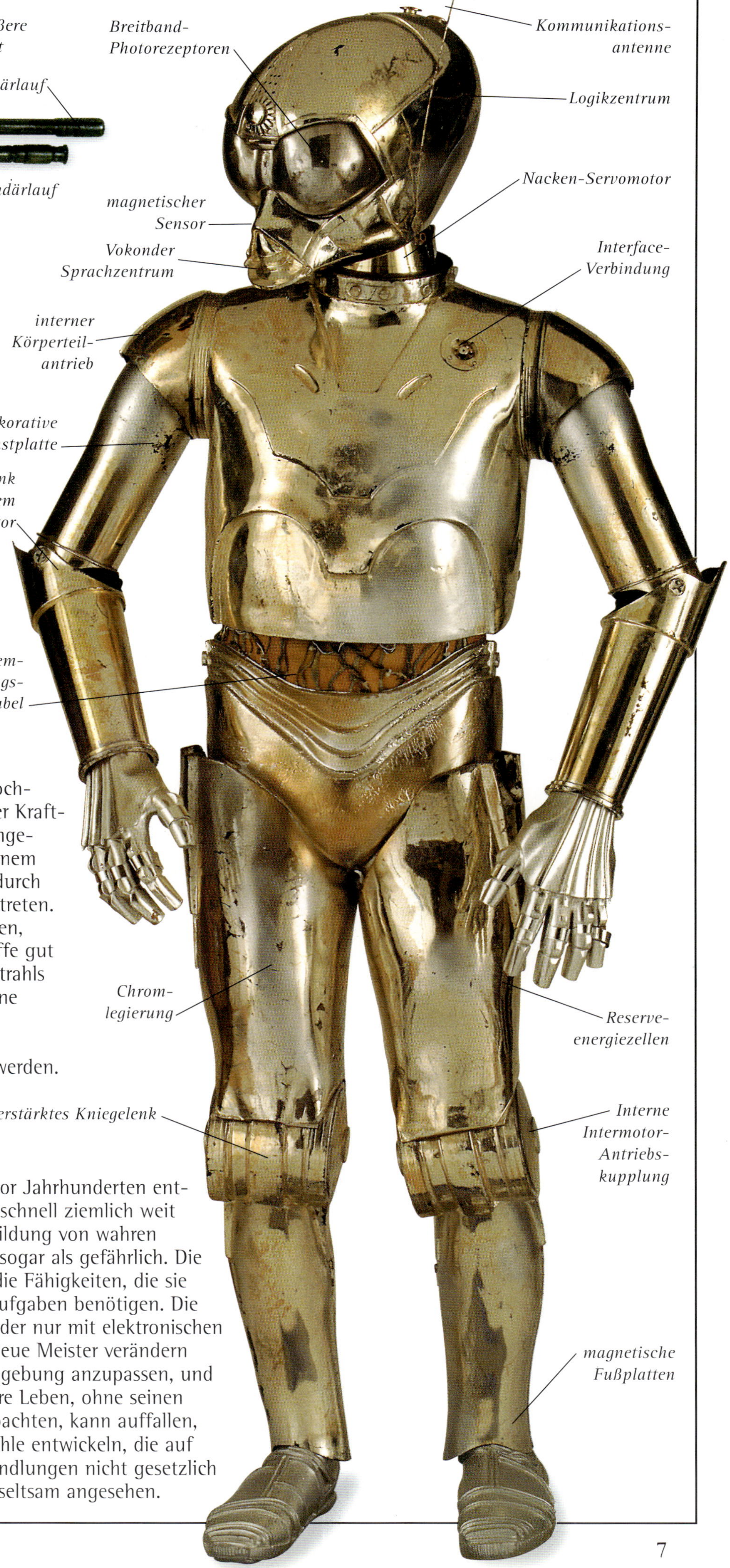

Luke Skywalker

LUKE UND BIGGS DARKLIGHTER

ER WAR EIN EINFACHER JUNGE, der auf dem abgelegenen Wüstenplaneten Tatooine lebte – aber Luke Skywalker sehnte sich immer danach, der öden Routine auf der Feuchtigkeitsfarm seines Onkels zu entkommen. Er träumte davon, ein Raumpilot zu werden, wurde aber hin und hergerissen zwischen seinem Wunsch, sich in der Akademie einzuschreiben, und der Loyalität zu seinem Onkel und seiner Tante, die ihn auf der Farm brauchten. Als Luke aber eine Geheimnachricht entdeckte, die in einem neuen Droiden versteckt war, begab er sich auf eine Rettungsmission und wurde so in eine Welt des Abenteuers katapultiert, in der er seine wahre Bestimmung finden sollte.

Lukes Zuhause liegt größtenteils unter der Erde, um der Hitze von Tatooines Zwillingssonnen zu entkommen. Tunnel verbinden den Vorhof mit dem Hangar und der überdachten Garage.

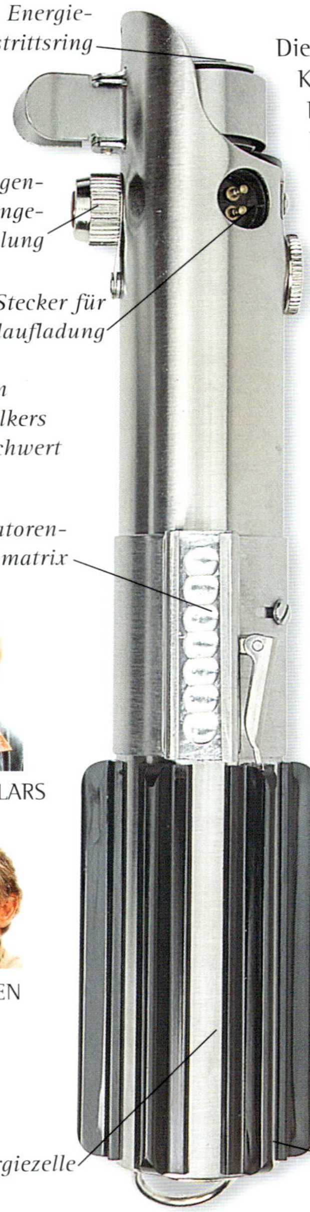

Die Toshi-Energiestation der Kleinstadt Anchorhead bietet Luke eine Zuflucht vom Farmleben. Hier verbringt er Zeit mit Freunden. Sie unterhalten sich, spielen elektronisches Pool oder werkeln an ihren Landspeedern und Skyhoppern.

Luke entdeckt einen Teil der verborgenen Wahrheit über seinen Vater, als ihm Ben Kenobi Anakins Lichtschwert gibt. In Lukes Händen erwacht es zum ersten Mal nach vielen Jahren wieder zum Leben.

TANTE BERU LARS

ONKEL OWEN LARS

Lichtschwert

Lukes Lichtschwert, ein Geschenk aus einer längst vergessenen Zeit, gehörte einst seinem Vater Anakin, einem früheren Jedi-Ritter der Alten Republik, der in den Klon-Kriegen gekämpft hatte. Das Lichtschwert ist wie keine andere Waffe und zugleich ein Symbol von Lukes Bestimmung. Luke hat eine natürliche Begabung für den Umgang mit dem Schwert und lernt schnell von seinem Mentor Ben Kenobi.

DATEI ABLAGE

◆ Lukes bester Freund war Biggs Darklighter, der Tatooine verließ, um sich in der Akademie einzuschreiben. Später flog er mit dem Frachter *Rand Ecliptic.* Luke trifft Biggs auf dem Flugdeck der Rebellen-Basis auf Yavin 4 wieder, wo er erfährt, daß Biggs inzwischen ein Rebellenpilot wurde. Die Freunde fliegen und kämpfen zusammen in dem Angriff auf den Todesstern.

◆ Sandstürme pflügen die Oberfläche Tatooines oft tagelang um, aber die Farmarbeit an den Vaporatoren muß trotzdem erledigt werden. Luke trägt an windigen Tagen einen Wüstenponcho und eine Schutzbrille.

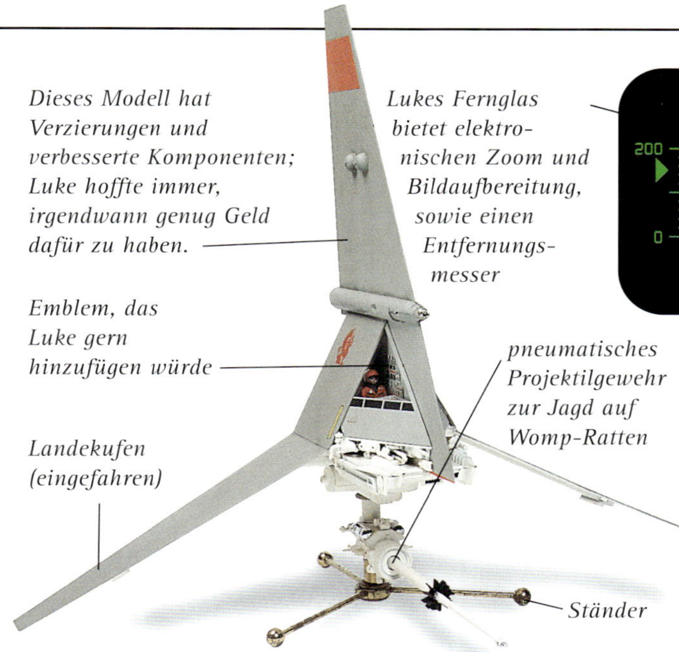

Während Luke an den Vaporatoren arbeitet, bemerkt er über sich eine Raumschlacht zwischen zwei Schiffen.

Luke besitzt einen T-16 Skyhopper (siehe Modell oben), mit dem er durch die Canyons des Planeten rast und Jagd auf Wompratten macht. Dabei ist es ihm gelungen, sich auch durch die gefährlichsten Bergengen hindurchzumanövrieren. R2-DQ2 kann er deswegen nicht mit seinem Skyhopper suchen, weil sein Onkel ihm wegen seiner riskanten Manöver das Fliegen verboten hat.

Lukes Landspeeder

Lukes X-34 Landspeeder gleitet über den Boden, getragen von leichten Repulsorliften, die das Fahrzeug sogar beim Parken gleiten lassen. Drei Turbinen geben dem Repulsorantrieb Schub und treiben den Speeder über den Wüstenboden. Die Windschutzscheibe kann zu einer abgedichteten Blase geschlossen werden; da es Luke aber nicht möglich war, den hinteren Teil zu reparieren, läßt er das Cockpit offen.

Die Küche im Hause Lars ist typisch für Feuchtigkeitsfarmer, mit vielen Wasserspargeräten. Der Küchengang führt zum Speisezimmer, das sich zum Vorhof hin öffnet.

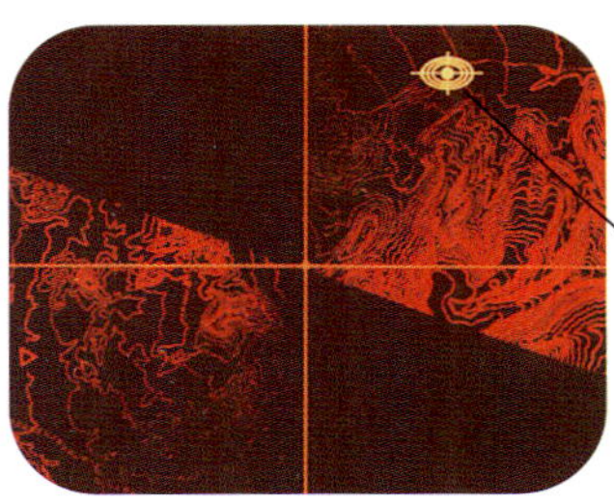

LANDSPEEDER-SCANNER

LANDSPEEDER SEITEN- UND RÜCKANSICHT

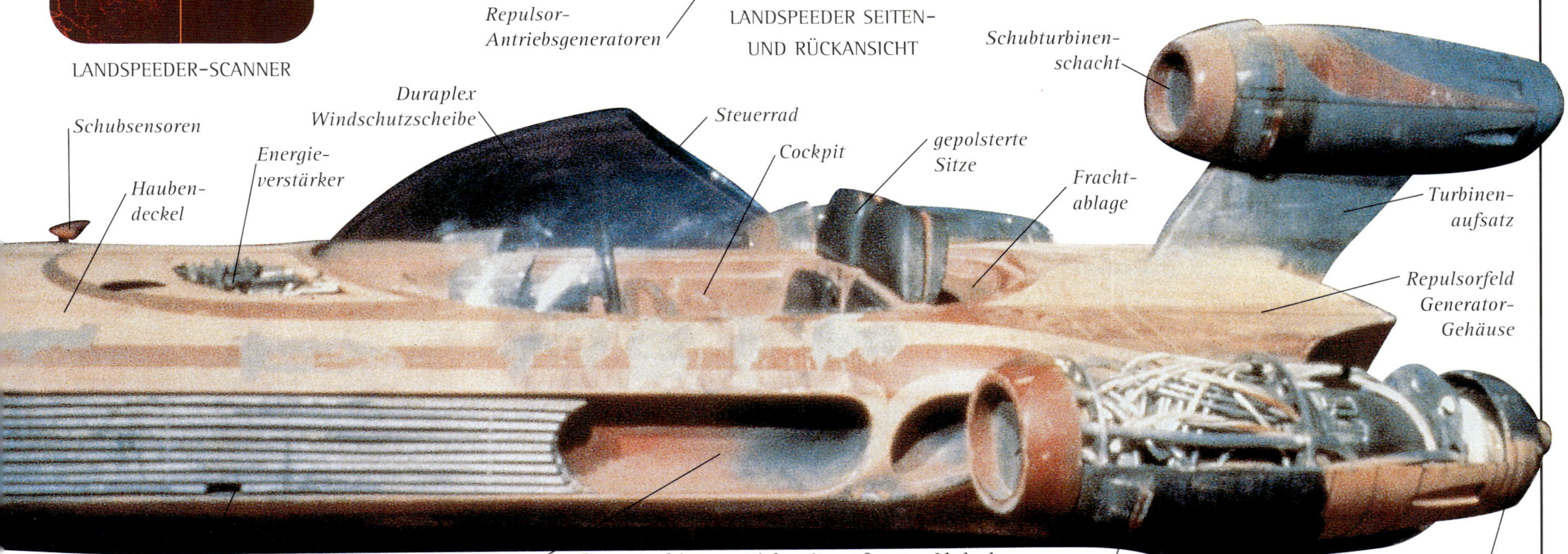

Skywalker: Pilot und Jedi

LUKE SKYWALKER klettert das erste Mal ins Cockpit eines X-wing Raumjägers, um als »Rot Fünf« im Angriff auf den Todesstern zu fliegen. In den folgenden Jahren fliegt Luke mit seinem X-wing und anderen Schiffen in Kämpfe und Abenteuer gegen Raumpiraten und Imperiale Schiffe, erringt Siege für die Rebellen und wird zu einem ihrer einfallsreichsten Anführer. Seine Fähigkeiten mit der Macht werden von Meister Yoda geweckt; über die Jahre entwickelt Luke sie immer weiter, bis er zu guter Letzt ein Jedi-Ritter werden wird.

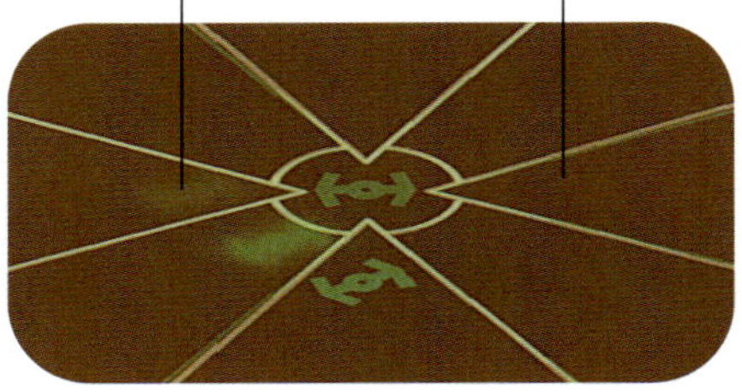

Obwohl nicht so fortschrittlich wie imperiales Zielgerät, lokalisiert die X-wing-Zielanzeige trotzdem alle Ziele im Schußfeld der vier großen Laserkanonen.

T-65 X-wing

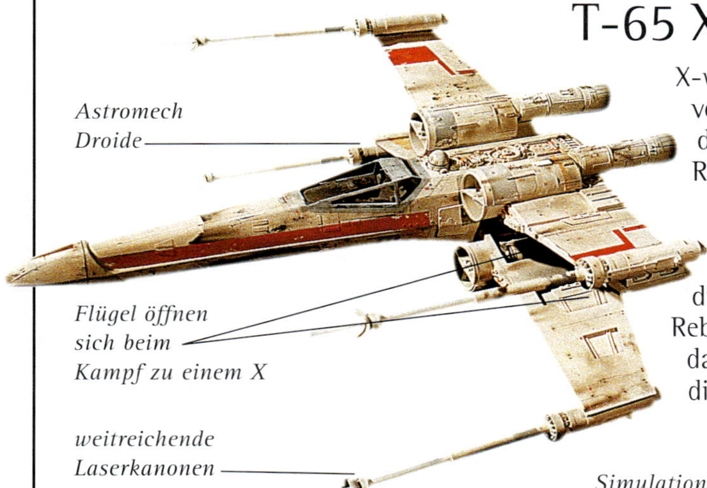

X-wing-Jäger haben eine Aufnahmevorrichtung für Astromech Droiden, die sich um die Wartung und Reparaturen im Flug kümmern. Das Schiff besitzt neben seinen Laserkanonen auch eine kleine Ladung von Protonen-Torpedos, die aber sehr teuer und für die Rebellen schwer zu beschaffen sind; daher geht Luke mit nur einem Paar in die Schlacht gegen den Todesstern.

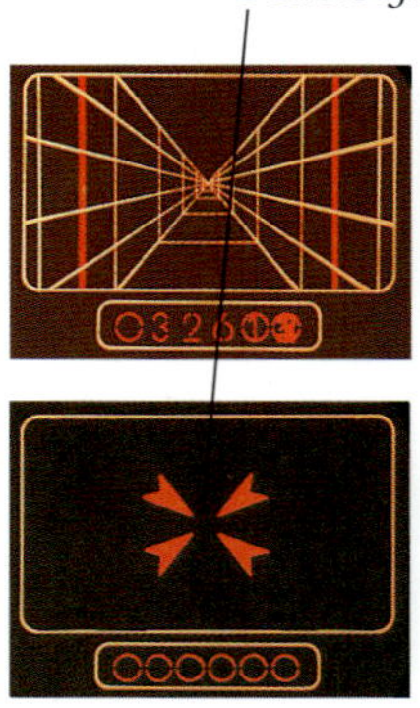

X-WING ZIELCOMPUTER-ANZEIGE

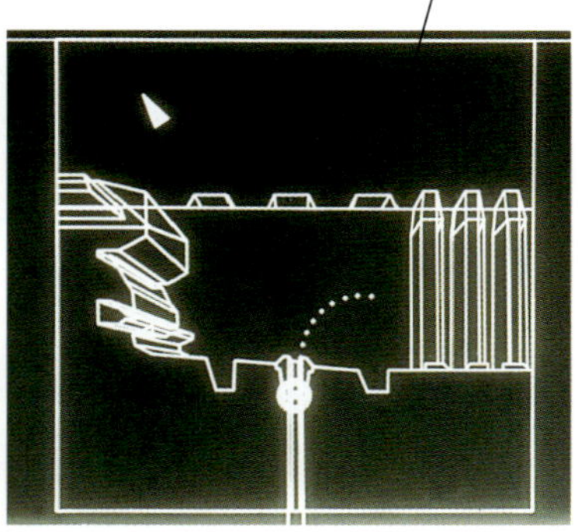

Die gestohlenen Pläne des Todessterns erlauben es den Rebellen, die Auswirkungen verschiedener Angriffe auf die Kampfstation zu simulieren.

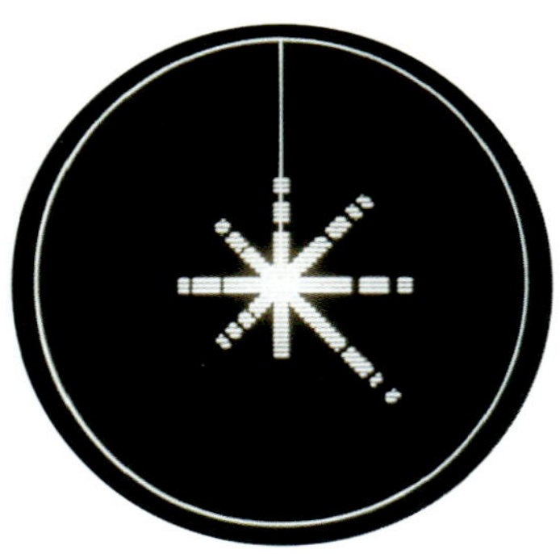

Die Ventilationsöffnung führt direkt zum Reaktorkern des Todessterns. Luke führt seinen Schuß mit Hilfe der Macht aus und zerstört so die gigantische Kampfstation.

Lukes Mut bringt ihn in Situationen, in denen seine Ausrüstung zerstört wird, er aber nie aufgibt. Gerade von einem AT-AT abgeschossen, klettert Luke hier aus dem Snowspeeder, bevor er von dem AT-AT zerdrückt wird.

Snowspeeder

Luke half der Allianz, ihre Staffel von T-47 Speedern zu bekommen, ausgestattet mit Panzerplatten und schweren Blasterkanonen. Die Snowspeeder sind stark modifiziert, um in den eisigen Temperaturen von Hoth zu funktionieren, und besitzen keine Schutzschilde; im Kampf müssen sie sich auf ihre Wendigkeit und Schnelligkeit verlassen. Luke führt die Rogue Staffel von Snowspeedern als Kommandeur gegen die imperialen AT-ATs.

Im Laserturm des Millennium Falken stellt sich Luke einem Angriff von TIE Fightern, während der Falke vom ersten Todesstern flieht. Trotz seiner Unerfahrenheit zerstört Luke, genau wie Han Solo, zwei Maschinen und erntet so den Respekt des Corellianers.

zunächst stöhnt Luke über Yodas Lehrmethoden

Obwohl er nur wenig Zeit mit dem weisen Jedi-Meister verbringt, lernt Luke doch viel von Yoda, der seine Fähigkeiten für die Macht weckt. Die Lehren des Jedi-Meisters werden Luke auf seinem Weg der Einigkeit mit der Macht ein Leben lang begleiten.

DATEN ABLAGE

- Auf der Suche nach dem Planten Dagobah und dem Jedi-Meister Yoda kann sich Luke nur auf seinen Instinkt und auf die Botschaft seines verstorbenen Mentors Ben Kenobi verlassen.
- Luke kehrt auf seinen Heimatplaneten Tatooine zurück, um Han Solo aus der Gefangenschaft zu befreien. Zunächst zweifeln seine Freunde und Feinde an Lukes außergewöhnlichen Fähigkeiten, doch er beweist sie im Kampf mit Jabbas Schergen und trägt die Flamme des Schutzes und der Gerechtigkeit der Jedi-Ritter in die Galaxis zurück.

Jedi-Ritter

Nachdem er die Erkenntnis über die Identität seines Vaters verkraftet hat, entwickelt Luke seine Fähigkeit mit der Macht – basierend auf den Lehren seiner Mentoren Ben Kenobi und Yoda – weiter. Obwohl er seinen Weg alleine ohne weitere Eingeweihte geht, versucht Luke seine Bestimmung zu erfüllen und ein Jedi zu werden. Als er nach Dagobah zurückkehrt, erfährt er von Yoda, daß er die höchste Ebene fast erreicht hat. Entschlossen macht sich Luke daran, sich den dunkelsten Herausforderungen des Imperators und Darth Vaders zu stellen, und trägt dabei die Hoffnung der gesamten Galaxis nach Freiheit in seinem Herzen.

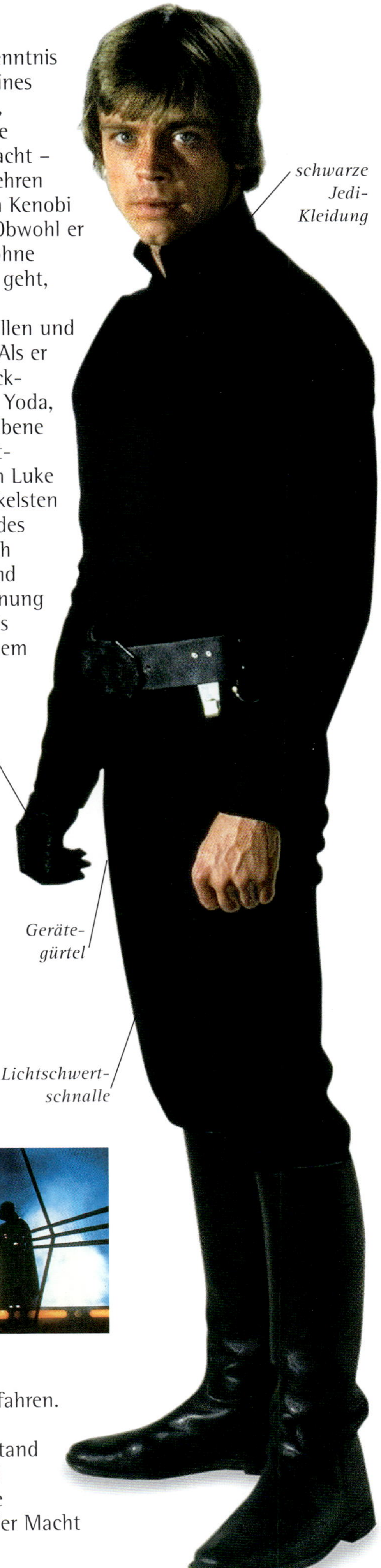

Der Schatten Darth Vaders

In seiner Jugend hat Luke nie viel über seinen Vater erfahren. Kenobi offenbarte ihm nur, daß Anakin ein Jedi-Ritter war, ein Raumpilot und ein Krieger. Darth Vader aber stand immer zwischen Luke und dem Geheimnis um den Tod seines Vaters. Erst im Kampf mit Vader erfährt Luke die Wahrheit, die eine seiner größten Herausforderungen der Macht darstellt.

Prinzessin Leia Organa

SIE IST EINE FRAU DER TAT: Die willenstarke Prinzessin Leia Organa von Alderaan benutzt ihre Position im Galaktischen Senat als Deckmantel für ihre Arbeit für die Rebellenallianz. Da sie in der Lage ist, auf ihrem Konsularschiff *Tantive IV* durch die Galaxis zu reisen, bringt Leia verbündeten Planeten Hoffnung und stellt geheime Verbindungen für die Rebellion her. Leia ist eine ebenso schöne wie intelligente junge Frau, die ihre wichtige Position in der schicksalhaftesten Zeit der Galaxis nur zu gut versteht, und die ihre persönlichen Gefühle hinter strenger Disziplin und Hingabe für ihre Sache versteckt. Als adoptierte Tochter von Viceroy Bail Organa wurde Leia von den besten Köpfen Alderaans auf ihre königliche Position vorbereitet und in der Kunst des Krieges und der Politik unterrichtet.

Tantive IV

Prinzessin Leias Konsularschiff ist eine Corellianische Korvette, ein einfacher und traditioneller Schiffsentwurf, der in der ganzen Galaxis verbreitet ist. Viele Korvetten, die fast anonym im galaktischen Raumverkehr untertauchen, sind zum schmuggeln umgebaut worden, sodaß sie manchmal auch »Blockadebrecher« genannt werden.

Leia befindet sich auf einer Geheimmission, um die Hilfe des Jedi-Ritters Obi-Wan Kenobi zu erbitten, als sie an Bord ihres Konsularschiffs gefangen wird. Leia weiß, daß es kein Entkommen gibt – dennoch kämpft sie bis zum Ende und tut was sie kann, um die Nachricht an Obi-Wan zu senden.

Eine Prinzessin allein in den seelenlosen Tiefen des Todessterns: Leia wurde nach ihrer Gefangennahme von Darth Vader befragt, widerstand aber jeder Folter.

Dank Prinzessin Leias Einfluß, königlichen Verbindungen und diplomatischer Fähigkeiten erlangten die Rebellen das meiste ihrer Kommunikationsausrüstung für die Kommandozentrale der Rebellen auf dem vierten Mond von Yavin.

Im Kommandozentrum der Echo Base überwacht Leia den Scanner nach Anzeichen einer imperialen Annäherung.

Als die Echo Base vom Imperium gestürmt wird, bleibt Leia so lange auf ihrem Posten und organisiert die Evakuierung, bis die Höhlen zusammenzubrechen drohen.

Obwohl Leias Ausbildung wenig Handwerk beinhaltete, tut sie ihr bestes, als der Falke in Schwierigkeiten ist.

In der wundervollen Schönheit der Wolkenstadt kann Leia nur wenig Zeit mit dem schneidigen Captain des *Falken* zu verbringen, bevor sie in Darth Vaders Falle gehen.

Eisprinzessin

Leia tauschte ihr zeremonielles Kleid zwar gegen einen gefütterten Overall, doch auch in den Korridoren der Echo Basis auf Hoth trägt sie noch immer das symbolische Weiß einer Prinzessin. Ihr Planet mag vernichtet worden sein, aber da sich die Allianz neuen Herausforderungen stellen muß, bleibt Leia eine Schlüssel-Führungsfigur, die zusammen mit General Rieekan und anderen Führern der Allianz Einsätze und strategische Bewegungen bestimmt.

Jabbas Sklavin

Um Han Solo zu befreien stellt sich Leia den Gefahren von Jabbas Palast, wissend, daß Folter und Tod auf sie waren, wenn sie gefangen wird. Obwohl Leia die entwürdigende Erfahrung als Jabbas Sklavin nicht vorhersehen konnte, ertrug sie ihre Gefangenschaft mit ungebrochenem Geist und blieb ständig bereit, sich gegen Jabba zu wenden, wenn die Zeit reif sein würde.

Wo Tausende von Attentätern versagt haben, ist Leia erfolgreich: Sie tötet den Unterweltboß Jabba the Hutt.

Rebellenanführerin

Nachdem sie als Rebellin enttarnt wurde, war Prinzessin Leias Karriere als Diplomatin vorbei und sie stürzte sich mehr als je zuvor in den Kampf der Allianz. Leia wollte sich nie damit begnügen, ein bloßes Symbol, eine Anführerin und Unterhändlerin zu sein und kehrte daher zum Einsatz an der Front zurück, wo sie beweisen konnte, immer noch eine der besten Schützen der Allianz zu sein.

DATEI ABLAGE

◆ Prinzessin Leia war die jüngste Senatorin im Galaktischen Senat. Als intelligente und starke Anführerin ist es Leia gewöhnt, die Initiative zu ergreifen und Dinge in Bewegung zu setzen.

◆ Leia wurde mit militärischer Disziplin erzogen und in Technik und Strategie unterrichtet; sie ist eine exzellente Taktikerin und Scharfschützin mit ihrem Blaster.

◆ Als Prinzessin von Alderaan war Leia die Anführerin ihres Volkes. Als Senatorin repräsentierte sie ihren gesamten Heimatplaneten im Galaktischen Senat und weckte viele Sympathien für die Rebellion. Innerhalb der Rebellenallianz ist die Prinzessin eine geschätzte Anführerin und ein Symbol der Hoffnung.

Walddiplomatin

Leias gute Laune und Begabung für Diplomatie halfen ihr, das Vertrauen der Ewoks, die sie auf Endor traf, zu gewinnen. Sie tauschte ihren Kampfanzug gegen ein von den Ewoks gemachtes Kleidungsstück ein und trug so dazu bei, Verbündete zu gewinnen.

Han Solo

SÖLDNER, PIRAT, SCHMUGGLER: der von sich selbst überzeugte Han Solo ist einer der vielen rauhen Einzelgänger der Galaxis. Der aus armen Verhältnissen stammende Solo erarbeitete sich durch kleine Diebereien eine Zulassung zur Akademie, von der er später ausgeschlossen wurde. Trotzdem wurde der Corellianer ein Pilot vom besten Kaliber. Sein Schiff, den *Millennium Falken,* gewann er im besten Sabbacspiel seines Lebens. Han Solos Ruf als Scharfschütze ist nur sein Ruf als Captain des Falken ebenbürtig. Er ist aber nicht nur ein tollkühner Gauner, sondern auch mutig bereit, jede Herausforderung anzunehmen – der perfekte Abenteurer!

Trotz Greedos gezogener Waffe bleibt Han Solo ruhig und zieht unter dem Tisch langsam seine Pistole. Die Stammgäste hätten Greedo warnen sollen, daß man Han besser nicht droht – denn nur einer von ihnen wird den Tisch verlassen.

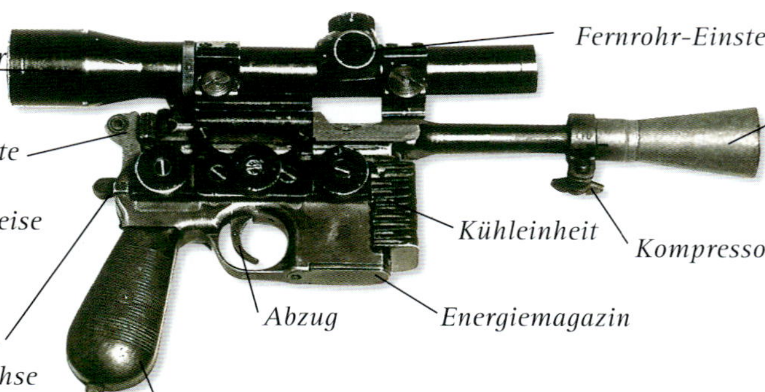

HAN SOLOS DL-44 PISTOLE

Captain Solos loyaler Freund und erster Maat ist der Wookiee Chewbacca. Beide haben oft ihr Leben für den anderen riskiert. Hans Schnellfeuerkünste und Chewbaccas gewaltige Stärke machen die beiden zu einem unschlagbaren Team.

Früher war Jabba the Hutt einer von Hans Auftraggebern. Als Han aber eine Ladung über Bord wirft, um einer Verhaftung zu entgehen, weckt er Jabbas Zorn und ist nicht fähig, ihn zu entschädigen. Daraufhin setzt Jabba einen Preis auf Hans Kopf aus.

DATEI ABLAGE

- Als Kind wurde Solo von Raumzigeunern großgezogen, von denen er seine Tricks und Eigenständigkeit lernte; seine richtigen Eltern lernte Han nie kennen.
- Dadurch, daß Solo Luke Skywalker in letzter Minute rettete, überlebte die Allianz; ihm wurde dafür eine der höchsten Ehrenauszeichnungen verliehen.

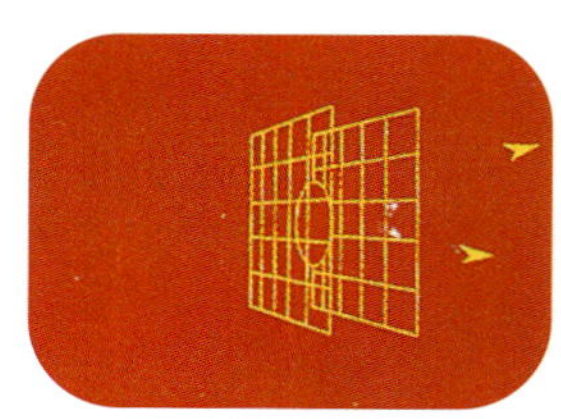

ZIELERFASSUNGS-ANZEIGE

Han ist mit den Falken auf der Flucht und muß notwendige Reparaturen durchführen; also landet er auf Bespin, wo er den früheren Besitzer seines Schiffs trifft, Lando Calrissian.

Millennium Falke

Dieser verschrammte und etwas alternde YT-1300 Frachter gehörte vielen Captains und hat eine lange Geschichte. Hans weitreichende Veränderungen am Schiff machten es zu einem der schnellsten Fahrzeuge im Hyperraum. Sogar bei Unterlichtgeschwindigkeit besitzt es außergewöhnlichen Schub und Wendigkeit für ein Schiff seiner Klasse. Der Falke glänzt mit imperialer Panzerung, Vierlings-Laserkanonen, einer hochgradigen Sensorenantenne und vielen anderen illegalen Komponenten. Das Schiff ist aber nicht nur seine Arbeitsplatz, sondern auch Solos Heimat.

Han beweist Leia, daß sie doch mehr von Schurken hält, als sie wahr haben will. Aber ... eine Prinzessin und ein Kerl wie er?

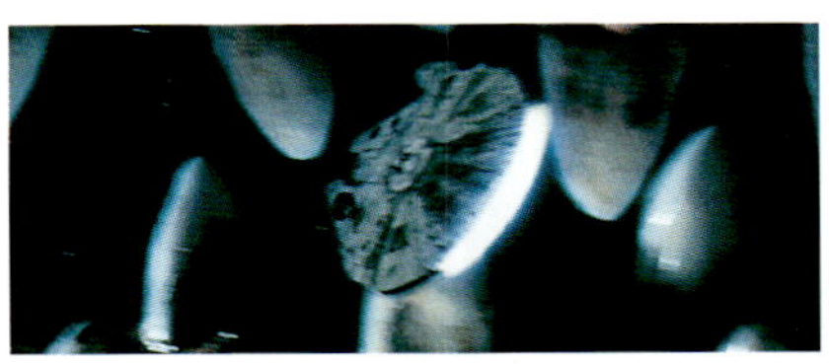

Gefangen in Karbonit

Karbon-Gefrierung ist ein Weg, um Tibanna-Gas für den Transport zu kondensieren. Es kann aber auch dazu verwendet werden, Lebensformen in einer Art Koma zu halten, falls sie das Einfrieren überleben. Han ereilte dieses Schicksal in der Wolkenstadt Bespin als Teil von Darth Vaders Plan, Luke Skywalker in seine Gewalt zu bringen – an ihm sollte das Einfrieren getestet werden.

Der Rebellenanführer

Nach dem Sieg bei Yavin akzeptiert Solo seine Ernennung zum Captain in der Rebellenallianz. In der eisigen Echo Basis auf Hoth meldet er sich freiwillig für die Perimeterüberwachung, obwohl er weder Tauntauns noch Kälte mag. Han ist ein geborener Anführer und eine Inspiration für viele seiner Untergebenen.

SENSORENPAKET DER REBELLEN

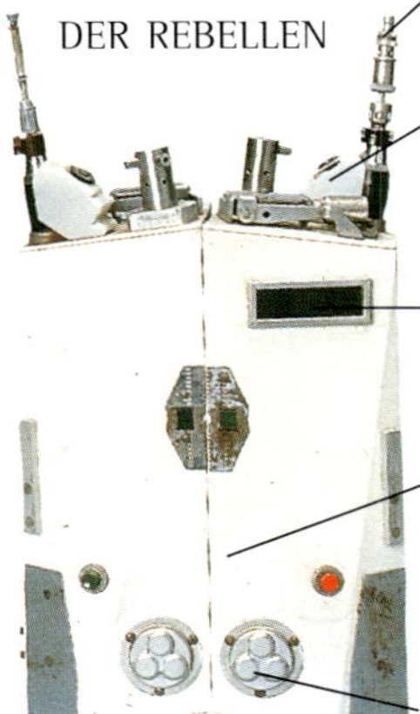

HOTH-AUSRÜSTUNG

Nachdem ihre Fahrzeuge durch die Kälte lahmgelegt sind, müssen die Rebellen die Schneefelder Hoths mit Handgerät überwachen. Solo, ein Experte darin, nicht aufzufallen und andere zu entdecken, bevor er selbst gesehen wird, half dabei, die Perimeterüberwachung der Echo Basis zu entwerfen.

Chewbacca

CHEWBACCA ist ein mächtiger Wookiee vom Planeten Kashyyyk, der von Han Solo aus der Sklaverei befreit wurde. Chewbacca schloß sich dem Schmuggler daraufhin an, um seine traditionelle Wookiee-Lebensschuld zu begleichen; später »adoptierte« er den Corellianer und wurde sein bester Freund. Der Wookiee nutzt seine technische Begabung, um Solos Knallerbse von einem Raumschiff in der Luft zu halten, und dient zugleich als loyaler Kopilot und vertrauenswürdiger Abenteurer. Chewie mag einen guten Kampf, in die ihn Solo oft hineinzieht, aber fungiert auch manchmal als seines Partners Gewissen, wenn Han etwas zu stark den Söldner markiert.

Han Solo und Chewbacca folgen den Abenteuern, wohin sie auch führen. Die zwei kämpfen gut zusammen, kennen des anderen Stärken und verlassen sich aufeinander. Hans Ego und Chewies Temperament bringen sie manchmal in Schwierigkeiten, aber sie wissen beide, wann es Zeit ist zu schießen oder wegzulaufen.

Obwohl das Cockpit des *Millennium Falken* zu klein für ihn ist, arbeitet Chewbacca mit Leichtigkeit an den Myriaden von Kontrolleuchten und fliegt das Schiff mit Selbstvertrauen. Hans Fähigkeiten als Schütze führt meist dazu, daß in einer Raumschlacht Chewie das Schiff fliegt, während Han den Geschützturm besetzt.

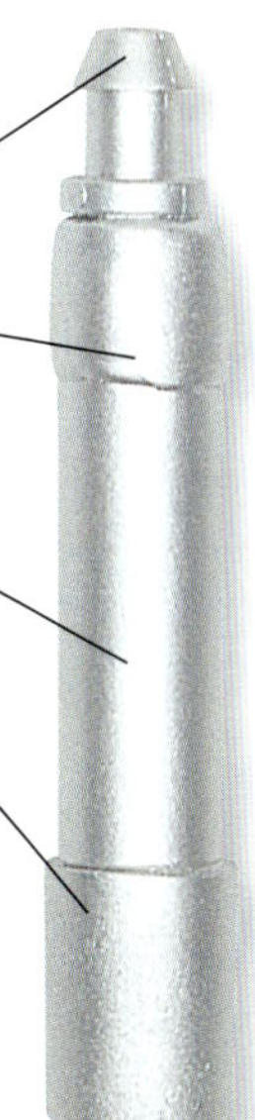

BOLZEN

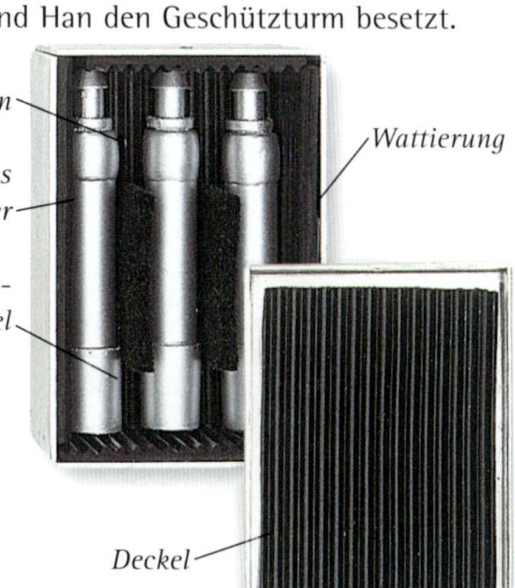

BOWCASTER-MUNITION
Der traditionelle Wookiee-Bowcaster verwendet einen magnetischen Beschleuniger, um Explosivgeschosse abzufeuern, die in durchschlagende Energiehüllen eigebettet sind. Der Bowcaster hat eine Reichweite von 50 Metern; man braucht viel Kraft,

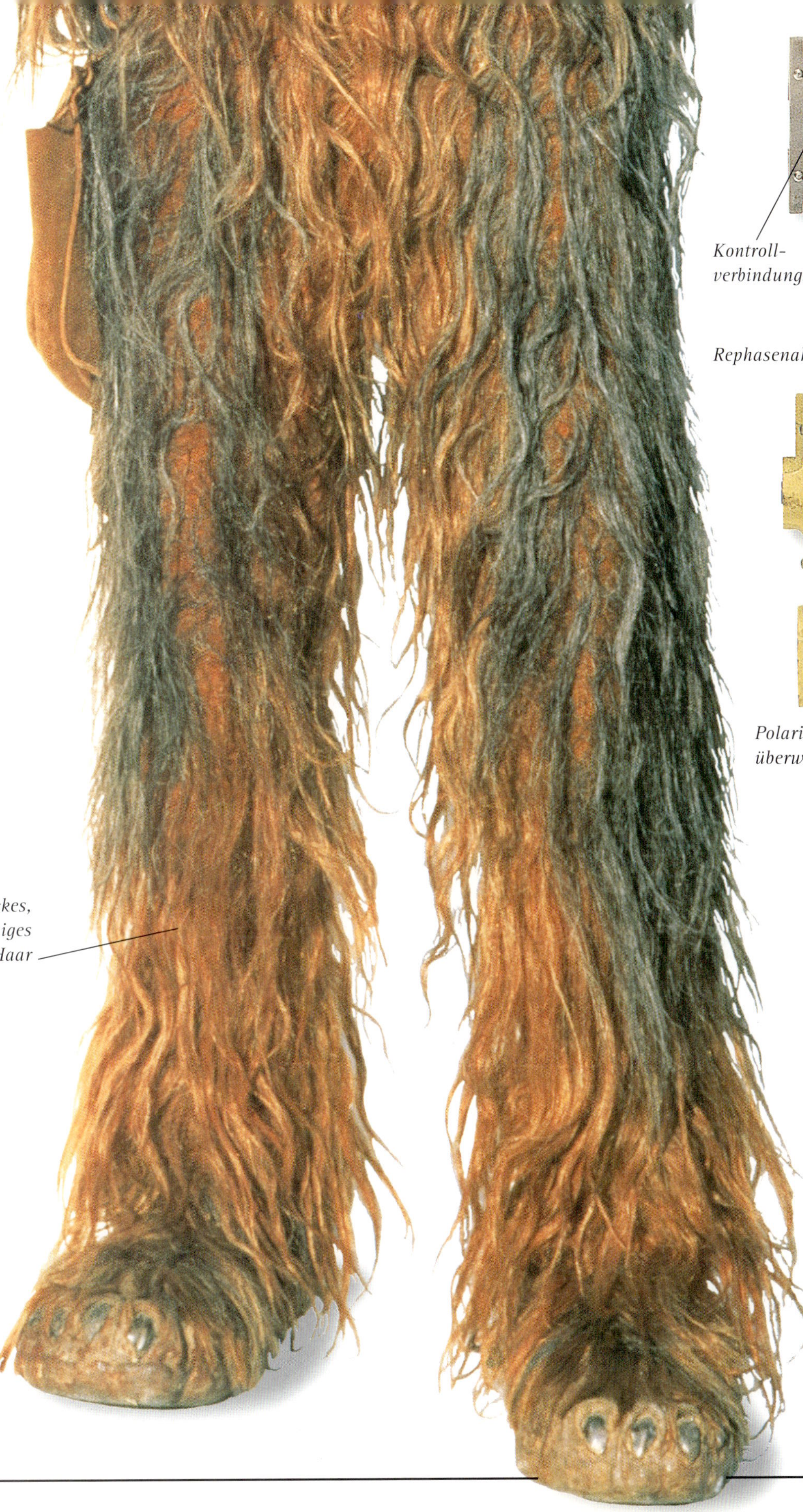

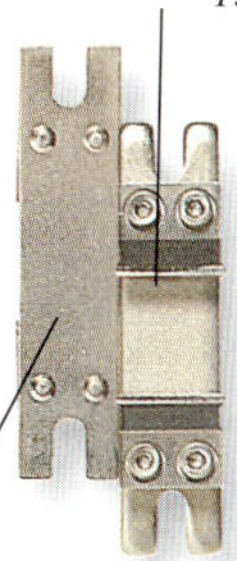

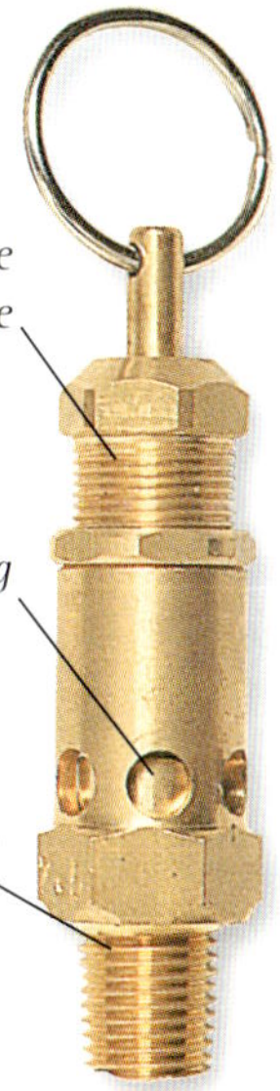

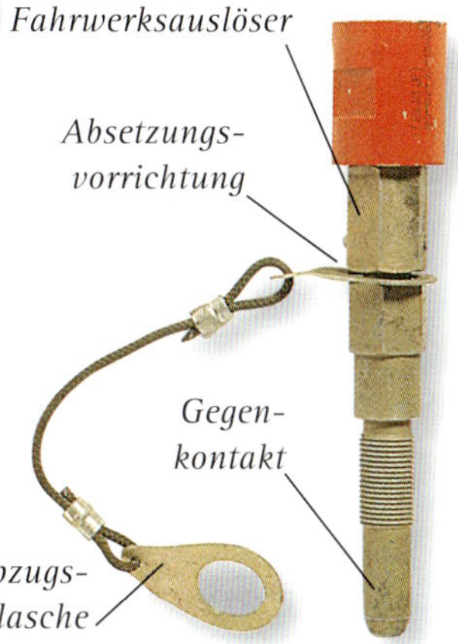

RAUMSCHIFF-REPARATURWERKZEUG
Chewbacca trägt ständig ein paar Werkzeuge in der Tasche seines Patronengurts mit sich, sowie einige Dinge, die er in seiner Freizeit bearbeiten will.

CHEWBACCAS TRAGETASCHE

Chewbacca mag nicht alle Veränderungen, die Han auf der Echo Basis am *Millennium Falken* vornahm, da das Schiff vor der Invasion des Imperiums nicht wieder vollständig zusammengebaut werden konnte. Sogar die Geschütze funktionieren bei ihrer Flucht nicht! Als Han später auf der Wolkenstadt von Lando verraten wird, zeigt sich, daß Chewies Loyalität zu Han so stark wie eh und je ist, und in seinem Zorn tötet er Lando beinahe.

DATEI ABLAGE

- ◆ Chewbacca hat eine Familie auf seinem Heimatplaneten Kashyyyk: seine Frau Mala, sein Sohn Lumpy und sein Vater Itchy. Wookiees leben lange – Chewbacca ist über 200 Jahre alt, also im besten Wookiee-Alter.
- ◆ Chewbacca liebt Strategiespiele, aber haßt es zu verlieren – besonders gegen jemanden, den er nicht kennt.

C-3PO

PROTOKOLL-DROIDE

IN EINER MIT UNZÄHLIGEN KULTUREN und Sprachen gefüllten Galaxie stehen Protokolldroiden ihren Herrn in Fragen des Umgangs, Bräuchen und Übersetzungen bei, und helfen, daß interkulturelle Begegnungen friedlich verlaufen. C-3PO beherrscht über sechs Millionen Kommunikationsformen fließend und hat einen starken vorprogrammierten Wunsch, daß die Dinge reibungslos verlaufen – doch keine dieser Veranlagungen bereitete ihn auf die Ereignisse vor, die ihn ereilen sollten! In einer Welt voller Abenteuer wird sein pragmatischer Charakter oft von den ihn umgebenden Abläufen überwältigt. Dennoch dient er seinen Besitzern treu.

Mensch *Neon* *Infrarot*

MYRIAD VISUELLES SYSTEM – MK.2

Obwohl er Schwierigkeiten aus dem Weg geht, scheint 3PO seine Abenteuer nie völlig intakt zu überstehen. Glücklicherweise können seine robusten Einzelteile leicht repariert werden.

TRANLANG III KOMMUNIKATIONS-MODUL (VERGRÖSSERUNG)

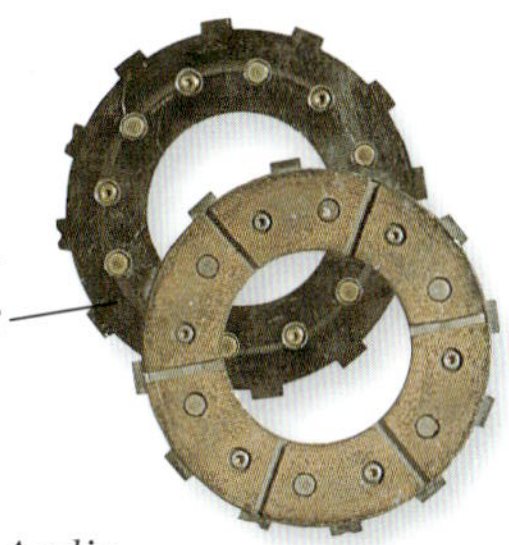

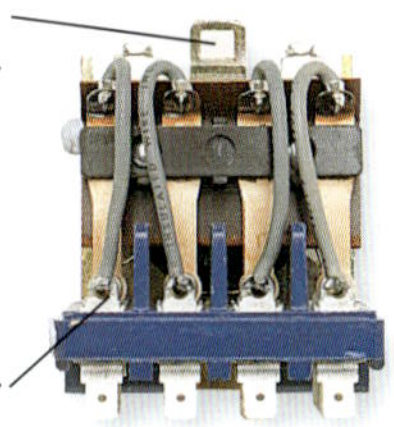

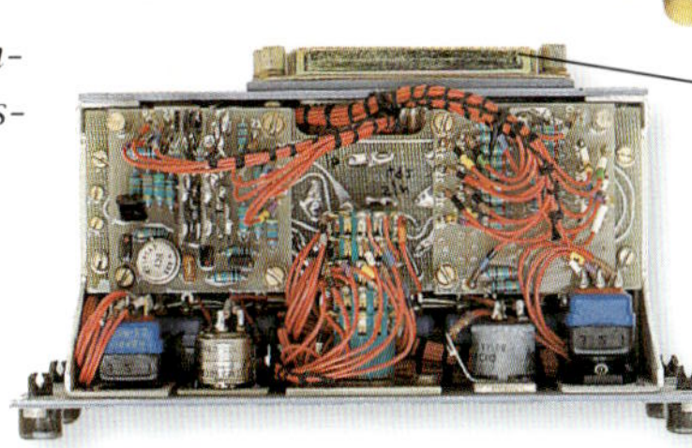

BEWEGUNGSSYSTEM KONTROLLEN INTERFACE (VERGRÖSSERUNG)

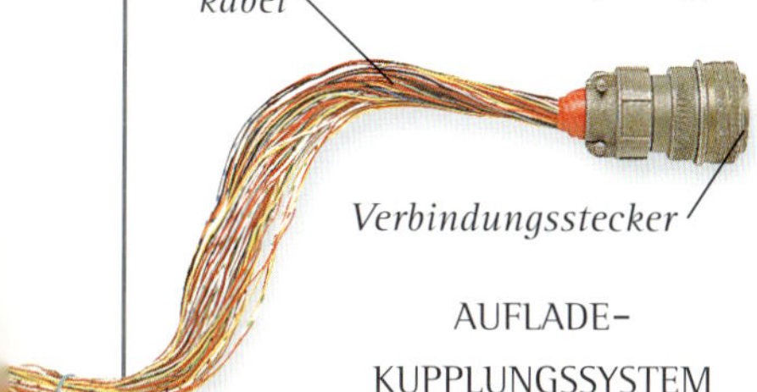

AUFLADE-KUPPLUNGSSYSTEM

TERTIÄRER GLIEDMASSENMOTOR

Ein Protokolldroide arbeitet oft mit einem Wartungsdroiden zusammen. Diese Droiden haben zumeist eingeschränkte Kommunikationsmittel, und der Protokolldroide übersetzt für die Besitzer. C-3PO und sein Partner R2-D2 bilden mit ihren vielfältigen Eigenschaften ein fähiges Team.

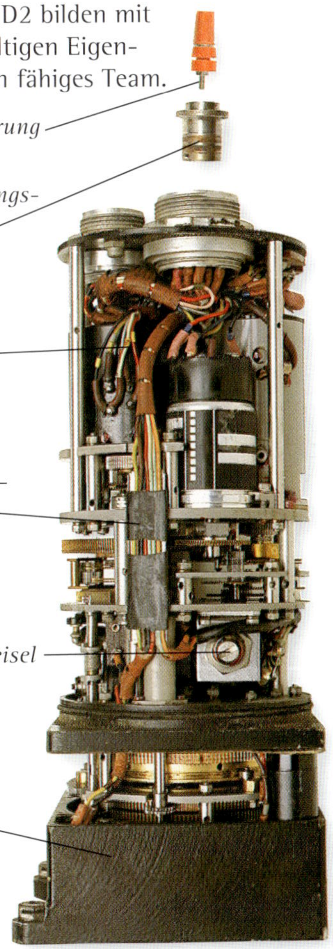

PELVISCHER SERVOMOTOR (VERGRÖSSERUNG)
Dieser Bewegungs-/Balance-Prozessor verleiht C-3PO die Fähigkeit, menschliche Bewegungen nachzuahmen, um sich bei seinen Protokollaufgaben nahtlos in die menschliche Gesellschaft einzufügen.

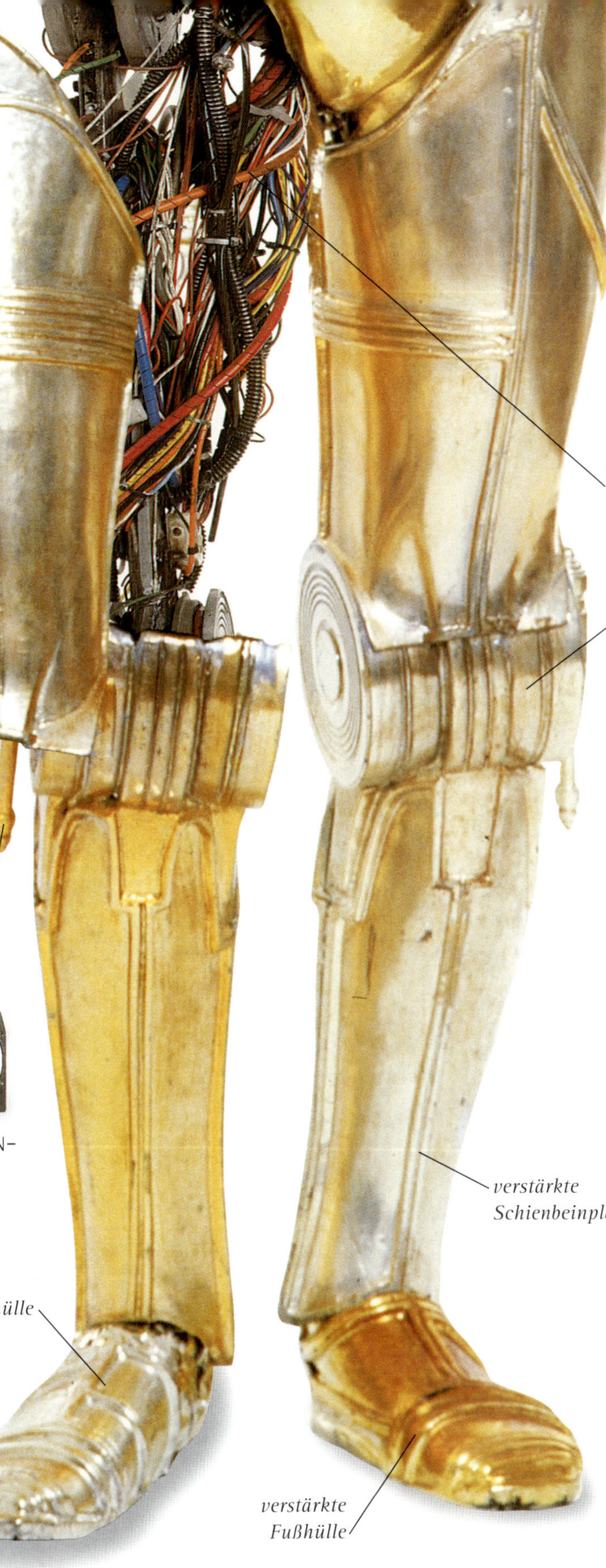

PROZESSOREN-SPANGE

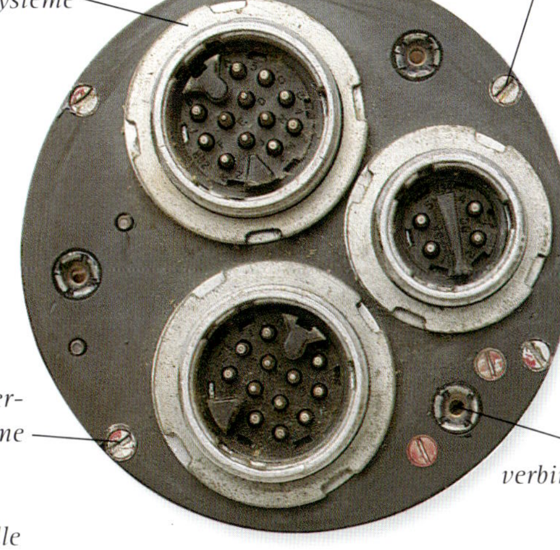

ENERGIEKUPPLUNG
Dieser Energieverteiler spaltet C-3POs Energiepulse in drei verschiedene Subsysteme, wobei jeder Stecker ein spezifisches Subsystem verbindet. Energieüberladungen oder Problemstellen können so leicht isoliert werden, sodaß Schäden nicht auf andere Bereiche übergreifen.

DATEI ABLAGE

- C-3PO hat bereits vielen Diplomaten und hohen Herrn gedient. Luke Skywalker ist sein 43. Besitzer.
- Ein loser metallener Ring von C-3POs Knieverbindung half Darth Vaders Sturmtruppen, die Droiden auf Tatooine zu verfolgen.
- C-3PO ist an die High-Society und kultivierte Umgebung gewöhnt und verabscheut den Staub und Schmutz, den er bei seinen Einsätzen auf Tatooine und Endor in die Gelenke bekommt.
- C-3POs Verbindungskomponenten sind so entworfen, daß sie eher zerreißen, als brechen. Dies erleichtert Reparaturen.

R2-D2

ASTROMECH DROIDE

DER HOCHENTWICKELTE Computerreparatur- und Informationssicherungsdroide R2-D2 ist eine äußerst hilfreiche Astromech-Einheit, die mit einer Vielzahl von Apparaten ausgerüstet ist. Seine Abenteuer haben es ihm erlaubt, eine klare Persönlichkeit und geistige Schnelligkeit zu entwickeln. R2 legt eine starke Motivation zu Tage, die ihm anvertrauten Aufgaben zu lösen, und kann dabei mit sehr verbissener Entschlossenheit und Einfallsreichtum vorgehen, die für einen Wartungsdroiden ungewöhnlich sind. Ein Protokolldroide wie C-3PO muß sein elektronisches Piepsen und Pfeifen für Nicht-Maschinen übersetzen - aber normalerweise gelingt es R2 auch so, sich verständlich zu machen. R2 ist äußerst loyal und schreckt nie davor zurück, Schäden oder seine eigene Zerstörung zu riskieren, um seinem Besitzer zu helfen oder eine Aufgabe zu bewältigen.

Als R2-D2 auf Dagobah in einem Sumpf untergeht, denkt Luke, daß er seinen Freund verloren hat, bis R2s Periskop aus dem brackigen Wasser stößt.

COMPUTERINTERFACE-ARM
Einer von mehreren Interfacearmen erlaubt es R2 mit anderen Computersystemen Informationen auszutauschen und Befehle auszuführen.

Prinzessin Leia vertraute R2-D2 die gestohlenen Pläne des Todessterns und ihre Nachricht an Obi-Wan Kenobi an, die R2 zuverlässig ablieferte; Hologrammaufzeichnung und -Projektion gehören zu R2-D2s Standardfähigkeiten.

GREIFARM
Dieser Greifarm ermöglicht es R2, Gegenstände zu bewegen und an den Energieleitungen von Lukes X-Wing zu arbeiten.

R2-Einheiten sind ein wichtiger Bestandteil des Incom T-65 X-wing, da ihre Modifikationen während des Fluges die Leistung enorm verbessern. Die meisten Piloten würden einen Droiden im besten Zustand wollen, doch Luke Skywalker hatte R2-D2 liebgewonnen und wählte ihn, um ihn auf den Angriff gegen den Todesstern zu begleiten.

ENERGIELADUNGS-ARM
Ein Energieausgangs-Arm erlaubt es R2-D2, abgeschaltete Maschinen aufzuladen oder für diagnostische Tests Elektrizität durch beschädigte Schaltkreise zu leiten.

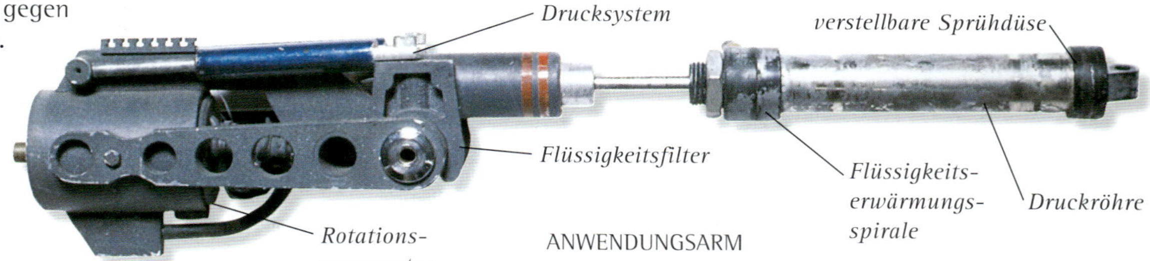

ANWENDUNGSARM

DATEI ABLAGE

- ◆ Der langlebig und funktionsstark konstruierte R2-D2 existiert schon länger als sein Partner C-3PO.
- ◆ R2-D2 legt, wenn nötig, eine innovative Verschlagenheit zu Tage, die C-3PO oft verzweifeln läßt. Eine von R2s Täuschungen war der Beginn von Lukes Abenteuern.

Armverlängerungen

R2-D2s »Arme« beinhalten vielerlei Hilfsmittel, von Schweißgeräten über Schneidemesser und Klammern bis zu magnetischen Depolarisierungsköpfen. Viele dieser Geräte sind direkt in ihn eingebaut; ein austauschbares Komponentendesign ermöglicht es ihm darüber hinaus, viele Sonderaufgaben zu übernehmen.

R2-D2 benutzte seinen Feuerlöscher, um seine Freunde vor angreifenden Sturmtruppen zu verbergen.

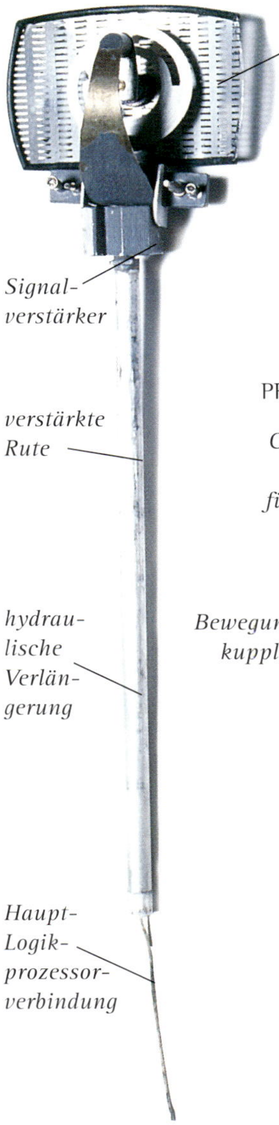

SCANNERANTENNE

HOLOGRAMM-PROJEKTIONSBIRNE

MOTIVATOR-GEHÄUSE UND ABZUG

SPEICHERCHIP

HAUPTENERGIE-KUPPLUNG

Astromech Einheiten sind Standarddroidentypen. Jabbas Personal fand einen Aufbau, der es R2-D2 erlaubte, auf Jabbas Segelgleiter Getränke zu servieren.

Lando Calrissian

DER SCHNEIDIGE BARON-ADMINISTRATOR der Wolkenstadt hat eine Vergangenheit, wie es nur wenige auf Bespin vermuten würden: Als Trickbetrüger hat Lando, der aus bescheidenen Verhältnissen stammt, seine ersten Reichtümer angehäuft und wurde dann zu einem Schmuggler mit gutem Sinn fürs Geschäft und einer gefährlichen Angewohnheit: dem Spielen. Er flog den Millennium Falken schon Jahre bevor er ihn in einem Sabaccspiel an Han Solo verlor. Bei einem anderen Spiel gewann Lando später die legendäre Gasminenkolonie auf Bespin. Der extravagante Anführer der Wolkenstadt verbindet seinen Sinn für Stil mit einem neugefundenen Hang zur Verantwortung und genießt seine Rolle als Baron-Administrator.

Wolkenstadt

Über dem Kern des Gasgiganten Bespin schwebend, war die Wolkenstadt einst das Hauptquartier von großen königlichen Führern. Die glorreiche Vergangenheit der Stadt hat die Silhouette mit monumentaler und ätherischer Schönheit gefüllt. Die Stadt ruht auf einer gigantischen Säule, die an ihrem Sockel von einem Verarbeitungsreaktor abgeschlossen wird. In dem hohlen Luftschachtkern der Stadt kontrollieren gigantische Richtungsflügel den Standort der Wolkenstadt.

COMLINK

Die Wolkenstadt ist die Heimat fortschrittlicher Technologie. Werkstätten in der ganzen Stadt verarbeiten das seltene Anti-Gravitationsgas Tibanna, das sich in der exotischen Atmosphäre von Bespin befindet.

Calrissian wurde gezwungen, Han Solo und dessen Freunde an Darth Vader zu verraten, um die Freiheit der Wolkenstadt zu bewahren. Als Lando erfuhr, daß Vader nie vorhatte, die Abmachung einzuhalten, plante er die Befreiung und Flucht.

General Lando

Auf der Flucht vor dem Imperium schloß sich Lando nach dem Verlassen der Wolkenstadt den Rebellen an. Sein Einsatz in der Schlacht von Tanaab führte zu seiner Beförderung – der frühere Trickbetrüger wurde zu einem General der Allianz und trug einmal mehr den Umhang von Ehre und Autorität. Über seine eigensüchtige Vergangenheit ist Lando inzwischen hinausgewachsen. Zwar wird er immer noch in Abenteuer verstrickt, arbeitet aber nun für eine größere Sache.

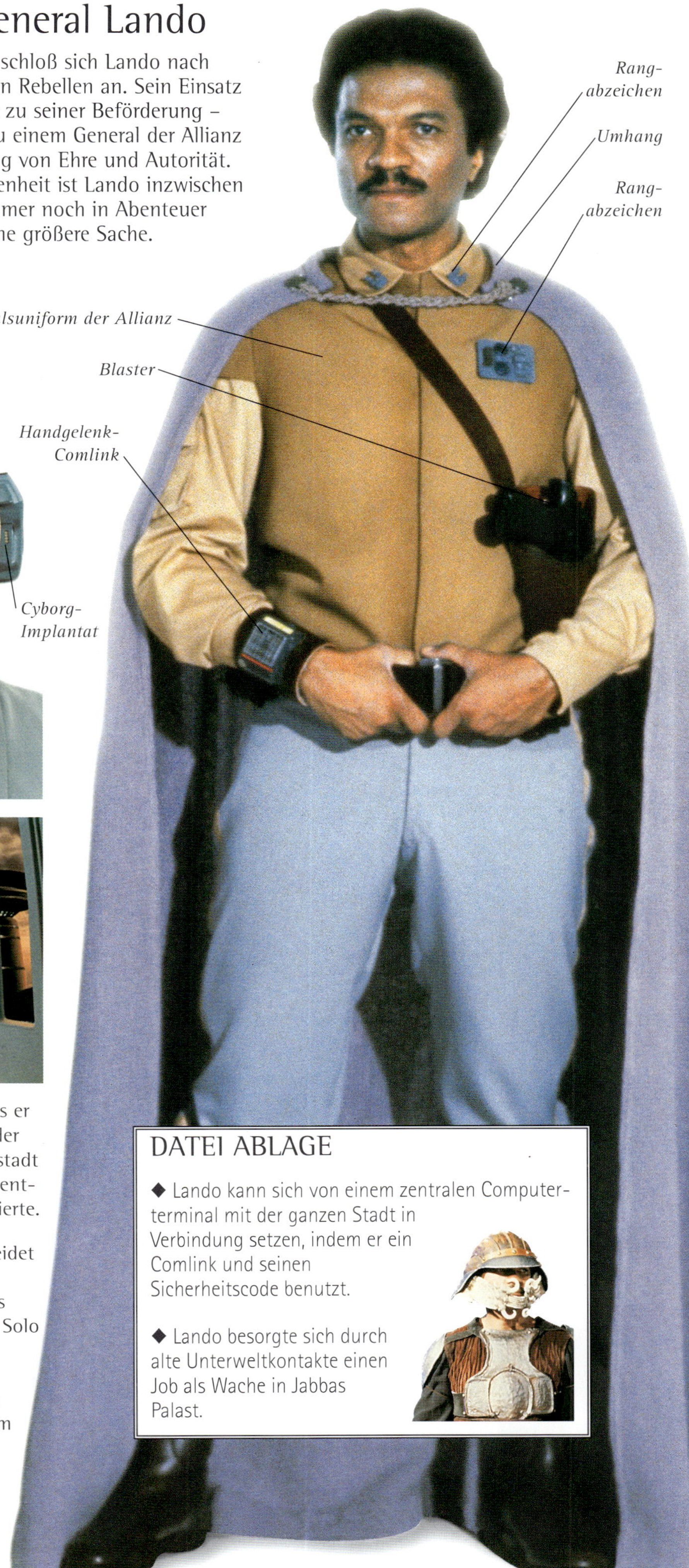

Lobot

Der Chef-Administratorassistent ist mit cybernetischen Implantaten ausgestattet und kann so direkt Verbindung zum Zentralcomputer der Stadt herstellen. Lobot überwacht eine Vielzahl von Einzelheiten gleichzeitig und ist so der ideale Assistent für Lando Calrissian. Lobot ist sehr stolz darauf, daß die Wolkenstadt ein gutgeführtes Unternehmen ist.

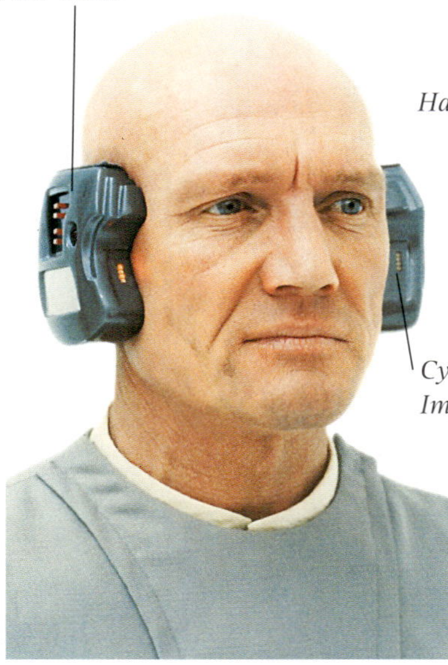

Als er sich gegen das Imperium entschied, verlor Lando alles, das er als Baron-Administrator der Wolkenstadt aufgebaut hatte. Auf der Flucht mit Leia und Chewbacca durch die Korridore der Wolkenstadt mußte er mit ansehen, wie Boba Fett mit Han Solo abhob, und entkam nur knapp mit seinem Leben aus der Stadt, die er einst regierte.

Lando riskiert, verkleidet als eine niedere Skiffwache in Jabbas Palast, viel, um Han Solo zu befreien. Seine Erfahrungen als Trickbetrüger halfen ihm, und niemand im Palast verdächtigte ihn, bis es zu spät war.

DATEI ABLAGE

- Lando kann sich von einem zentralen Computerterminal mit der ganzen Stadt in Verbindung setzen, indem er ein Comlink und seinen Sicherheitscode benutzt.
- Lando besorgte sich durch alte Unterweltkontakte einen Job als Wache in Jabbas Palast.

VIBRO-AXT

Obi-Wan Kenobi

JEDI-RITTER

WEIT DRAUSSEN, in den abgelegenen Jundland-Wüsten, lebte der Einsiedler Ben Kenobi. Ben war für die Bewohner Tatooines eine mysteriöse Gestalt, die von vielen als verrückter Zauberer verschrien wurde. In Wahrheit war Kenobi ein Jedi-Ritter, ein großer Krieger der Alten Republik, der in den Klonkriegen gekämpft hatte. Einer von Kenobis Schülern wandte sich der dunklen Seite der Macht zu, betrog die Jedi und half beim Aufstieg des Imperators. Erschüttert von seinem Fehler mit dem Mann, der zu Darth Vader wurde, zog sich Kenobi auf Tatooine zurück, wo er über den jungen Luke Skywalker wachte und auf den richtigen Zeitpunkt wartete, um Luke mit seiner Herkunft als Sohn eines Jedi zu konfrontieren. Kenobis Fähigkeiten machten ihn, selbst in hohem Alter, zu einer Bedrohung für das Imperium.

Gemäß der Jedi-Philosophie führte Kenobi ein einfaches Dasein. In seiner Hütte findet man nur wenige Erinnerungsstücke seines früheren Lebens und großen Erlebnissen. Kenobi überreichte Luke hier das Lichtschwert seines Vaters.

Fliegende Trainingsgeräte wurden von den Jedi verwendet, um Reflexe und Koordination zu verbessern. Sie können auf verschiedene Stufen eingestellt werden, und ihre Schockstrahlen können harmlos oder schmerzhaft sein.

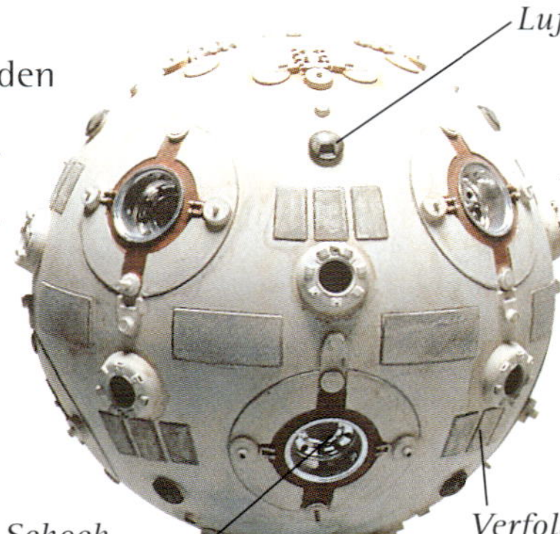

TRAININGSGERÄT

An Bord des Todessterns setzte Kenobi sein technisches Wissen und die Jedi-Gedankenkontrolle ein, um den Traktorstrahl auszuschalten ohne dabei bemerkt zu werden.

Von Darth Vader niedergestreckt, kehrte Kenobi als Geist zurück, um Luke auf seinem Weg zu leiten. Auf Hoth, dem Tode nahe, sah Luke Kenobi, kurz bevor er von Han Solo gerettet wurde.

Es war Kenobi, der zuerst die Jedi-Fähigkeiten in Luke weckte und ihn auszubilden begann. Luke konnte aber nur wenig von ihm lernen, bevor Kenobi sein letztes Lichtschwertduell focht. Als Luke danach die Wege der Macht kennenlernte, begegnete ihm Kenobi im Geiste wieder.

DATEI ABLAGE

◆ Ben Kenobi hat Luke einmal gerettet, als der Junge mit seiner Freundin Windy in den Wüsten Tatooines verlorenging. Trotzdem verbat Owen Lars dem alten Mann, sich jemals wieder seiner Farm zu nähern.

◆ Luke Skywalker kehrt in das Haus Kenobis zurück, um sein eigenes Lichtschwert zu bauen, da er sein erstes im Kampf gegen seinen Vater auf der Wolkenstadt verlor.

Yoda

JEDI-MEISTER

MAN SOLLTE IHN nicht nach seiner Größe beurteilen, denn die Macht war stark mit dem weisen Jedi-Meister Yoda. Er wurde fast 900 Jahre alt, und die Jahrhunderte des Nachdenkens und der Ausbildung verliehen ihm tiefe Einsichten und außergewöhnliche Fähigkeiten. Eine seiner größten Herausforderungen war die Ausbildung von Luke Skywalker, der als ungeduldiger Möchtegern-Jedi auf Dagobah ankam. In der kurzen Zeit, die ihm mit Luke blieb, mußte Yoda in ihm den Glauben, den Frieden und die Harmonie mit der Macht wecken, die Lukes Fähigkeiten unterstützen würden und ihn vor dem dunklen Pfad der Versuchung, des Hasses und des Bösen schützen sollten. Seinem letzten Schüler vertraute Yoda das Herz der antiken Jedi-Tradition an, die der Galaxie letzte Hoffnung war.

Jedi-Robe

Die Macht ermöglicht es Luke, seine Mentoren Yoda und Obi-Wan sowie seinen Vater Anakin zu sehen. Durch Lukes heldenhafte Tat sind sie wieder vollkommen und in der Macht vereint.

Dagobah

Auf Dagobah, einem abgelegenen Planeten voller Sümpfe und Nebel, existiert eine enorme Vielfalt von Lebensformen, darunter Schlächterkäfer und Sumpfschnecken. Dieser unwirtliche Ort war ein gutes Versteck in den dunklen Tagen des Imperiums.

YARUM-SAMEN, *als Tee geeignet*

PILZ-SPOREN

GALLA-SAMEN

SOHLI-RINDE

Auf Dagobah lebte Yoda in Harmonie mit der Welt und nutzte die natürlichen Ressourcen, die ihn umgaben. Sein Gimer-Stock dient ihm zum Beispiel als Gehhilfe, aber auch als Quelle des angenehmen Gimer Safts, den man aus der Rinde kauen kann.

HEILENDES ERDGESTEIN

Yoda verbrachte seine Tage mit Meditation, erforschte immer tiefer das unendliche Gewebe, das die Lebenskraft der Macht ausmacht. Wie Obi-Wan versteckte er sich hinter einer vorgespielten harmlosen Verrücktheit. Yoda benutzte dieses Persönlichkeitsbild, um Luke bei seiner Ankunft auf Dagobah zu testen. Wie Obi-Wan einst sagte: »Deine Augen können dich täuschen. Vertrau' ihnen nicht.«

grüne Haut

besonders scharfe Ohren

Gimer-Stock

dreizehige Füße

DATEI ABLAGE

◆ Yodas Haus drückt seine Verbindung mit der Natur aus, da er keine technologischen Geräte benutzt. Alle Möbel im Haus bestehen aus Lehm, Stöcken und Steinen und wurden von Yoda handgemacht.

◆ In den Tagen vor dem Imperium hatte Yoda einen Sitz im hohen Rat der Jedi auf Coruscant, der Hauptwelt der Republik.

Anführer der Rebellen

DURCH DEN MANGEL an Schiffen und Waffen verläßt sich die Rebellenallianz auf ihre fähigen Anführer, um aus allem das Bestmögliche zu machen. Sie zeichnen sich durch ein Höchstmaß an Tugenden und Pflichtgefühl aus, obwohl sie alle aus unterschiedlichen Gesellschaftsschichten stammen: Adlige und Politiker, Mechaniker, Piloten und Händler; sie alle folgten dem Ruf nach Gerechtigkeit und Freiheit. Ein guter Anführer der Rebellen kann die zahlenmäßige Überlegenheit des Imperiums mit einfallsreicher Taktik ausgleichen oder die richtigen Worte und Taten finden, um neue Verbündete für den Kampf für die Freiheit zu gewinnen. Die Allianz erkennt Verdienst an, und fähige Individuen finden sich oft schnell in hohen Positionen wieder.

ANDERE SEITE DES DH-17

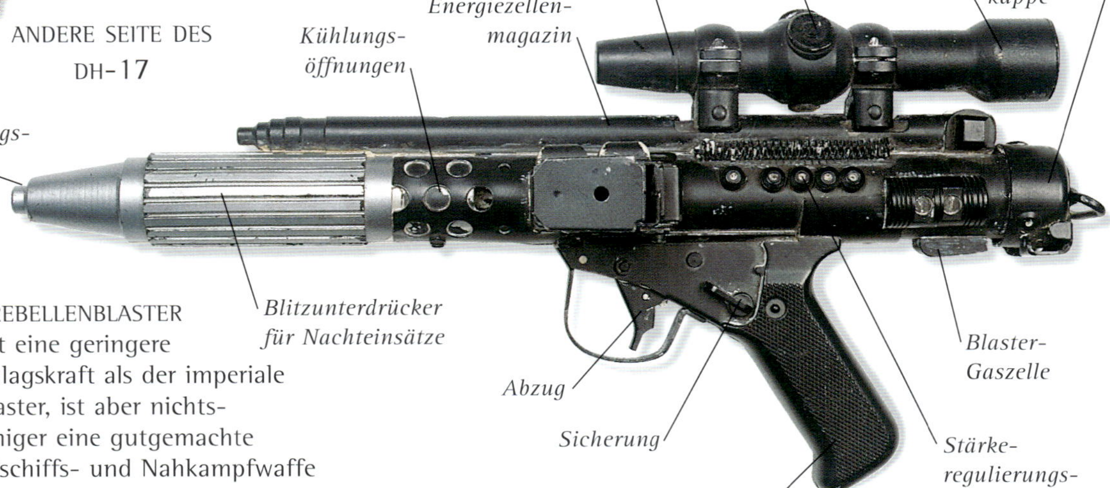

DH-17 REBELLENBLASTER
Er besitzt eine geringere Durchschlagskraft als der imperiale Militärblaster, ist aber nichtsdestoweniger eine gutgemachte Standardschiffs- und Nahkampfwaffe der Rebellenstreitkräfte.

Carlist Rieekan

Die schreckliche Kälte auf Hoth macht eine Perimeterüberwachung der Basis schwierig, bis die Rebellenfahrzeuge dem Eis angepaßt werden können. Der nüchterne General Rieekan hält die sieben Ebenen der Echo-Station daher in ständiger Alarmbereitschaft, da er sich der drohenden Entdeckung durch das Imperium immer bewußt ist.

Jan Dodonna

General Jan Dodonna ist ein unerschrockener Cheftaktiker, der den Angriff der Rebellen auf den Todesstern in der Schlacht um Yavin leitete. Die gestohlenen Pläne lieferten einen kompletten Bauplan des Todessterns, der zunächst die Unverwundbarkeit der Station bewies. General Dodonna aber fand die Schwachstelle in der Verteidigung der Station: die kleine Ventilationsöffnung. Seine Strategie ermöglichte es einer kleinen Flotte von 30 Einmannjägern, die über 160 Kilometer große Kampfstation zu zerstören.

Der eisige Planet Hoth ist die Heimat der Echo-Basis, wohin sich die Rebellen nach Entdeckung ihrer Basis auf dem vierten Mond von Yavin zurückzogen. Doch Hoth bietet nur für kurze Zeit Schutz, bevor ein imperialer Suchdroide die Rebellen entdeckt.

Die Rebellen-Streitkräfte gewannen ihre ersten Siege gegen das Imperium von Hangars aus, die tief in antiken Tempeln des abgelegenen, dschungelreichen vierten Mondes von Yavin lagen.

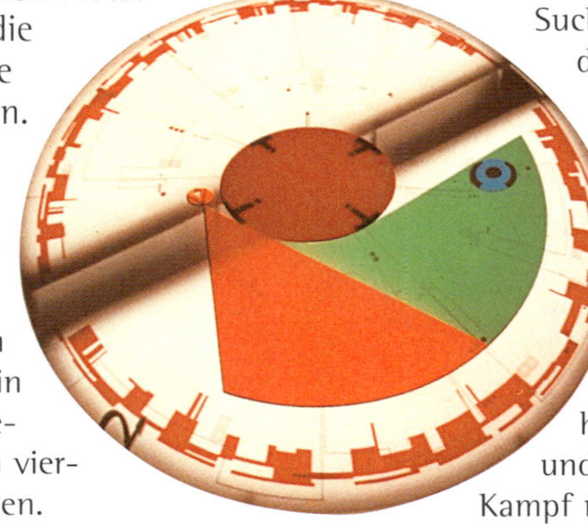

Die taktische Darstellung von der Massassi Basis auf Yavin 4 verfolgt den Todesstern im Orbit um Yavin, als er sich der Rebellenbasis nähert. Die Darstellung hat keine Zoomfunktionen und kann einzelne Schiffe im Kampf nicht unterscheiden.

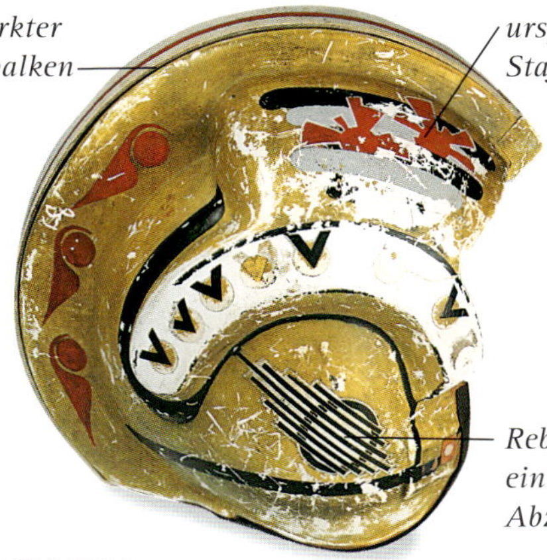

REBELLENHELM
Gute Anführer sind im Kampf so wichtig für die Rebellion wie strategische Genies. Der verkratzte Helm von Roter Staffelführer Garven Dreis ist ein Beweis für seine Kampferfahrung.

Mon Mothma

Mon Mothma ist die höchste Anführerin der Rebellion. Als Mitglied des Galaktischen Senats hat Mon Mothma immer die Sache der Freiheit unterstützt, bis der Imperator sie ausschloß. Sie baute die Allianz der Rebellen auf und unterstützte sie durch ihre Diplomatie- und Verhandlungskunst.

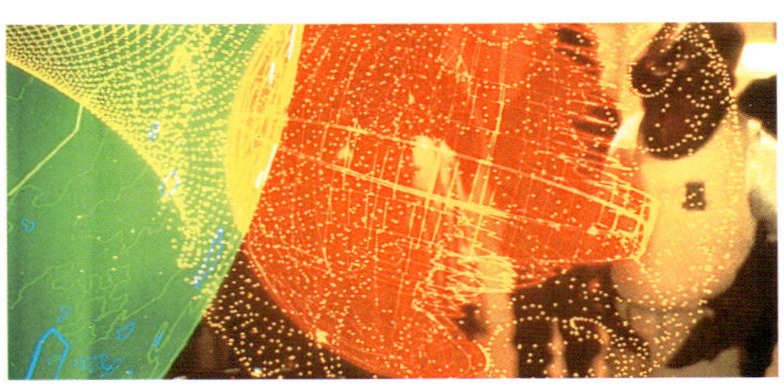

Ein taktischer Monitor im Kommandozentrum der Allianz zeigt den Schutzschild, der vom Waldmond von Endor um den zweiten Todesstern projiziert wird. Diese Anzeige zeigt auch innere Bereiche des Todessterns.

Admiral Ackbar

Der Kommandeur der Rebellenflotte stammt von der Ozeanwelt Mon Calamari. Der ehemalige Sklave von Grand Moff Tarkin wurde von Rebellen befreit und überzeugte danach sein Volk, der Allianz beizutreten. Die riesigen Mon Cal-Sternenkreuzer, die Ackbars Leute mitbrachten, sind die größten Schiffe der Rebellenflotte.

Admiral Ackbar kommandiert die Rebellenflotte von seinem Sessel in der Hauptquartierfregatte, einem Mon Calamari-Sternenkreuzer, der von seinem Volk gestiftet wurde.

Nachdem ihre geheimen Basen entdeckt oder zerstört wurden, fliehen die Rebellen in den Raum, um dem Imperium zu entkommen. Die Allianz hält sich ein mobiles Kommandozentrum an Bord der Mon Cal-Hauptquartierfregatte, von wo aus die Flotte gesteuert wird.

DATEI ABLAGE

◆ Die Rebellion wird sehr von dem bothanischen Spionagenetz, einer galaxieweiten Geheimorganisation von wagemutigen Einzelgängern, unterstützt. Sie behaupten, beinahe jede Information für einen bestimmten Preis beschaffen zu können. Bothanische Teams ertragen auch hohe Verluste, um ihr Ziel zu erreichen.

◆ Die 300 Meter langen Nebulon B-Begleitschiffe dienen als medizinische Fregatten der Rebellenflotte.

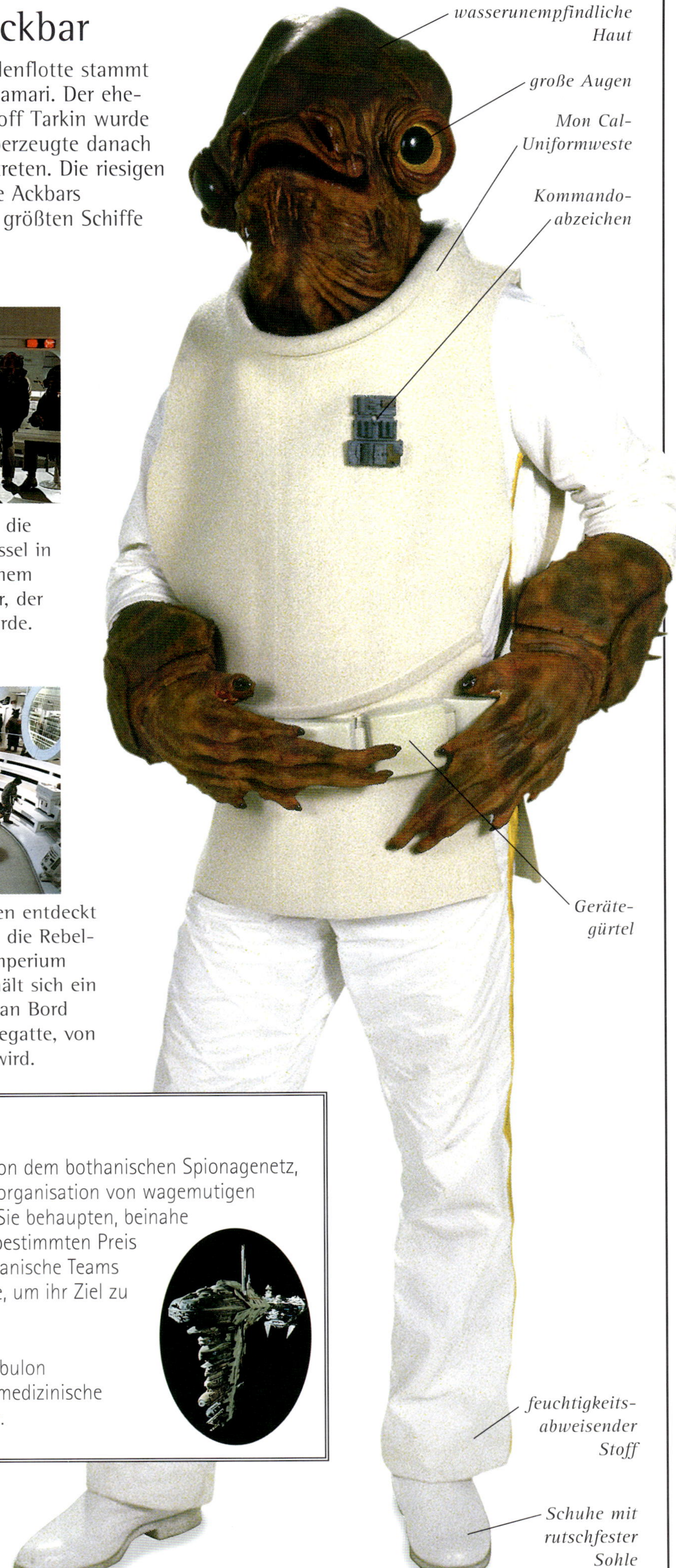

Tauntauns

DIE SCHNEE-ECHSEN sind eine der wenigen Lebensformen, die unter den extremen Bedingungen des Eisplaneten Hoth existieren können. Viele verschiedene Arten von Tauntauns leben in unterschiedlichen Gebieten von Hoth – von sich über die moosbedeckte Tundra bewegenden Herden bis zu Bergtauntauns und kleinen Gruppen von Flechtenfressern, die tief in den Eishöhlen leben. Tauntauns überleben die eiskalten Nächte, indem sie ihren Kreislauf beinahe zum Stillstand bringen, und sie können sterben, falls sie innerhalb dieser Ruhephase zur Aktivität gezwungen werden.

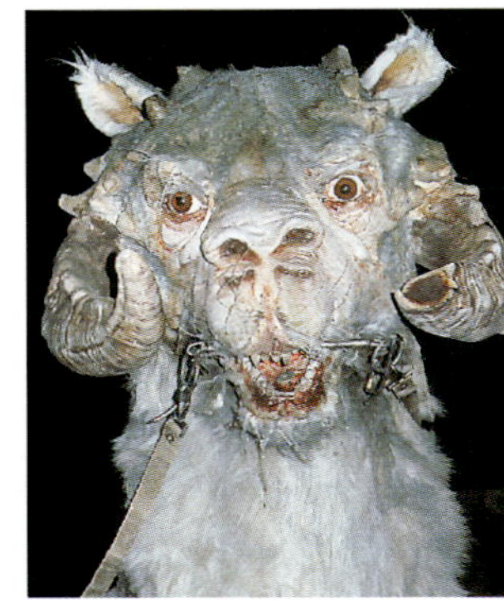

TAUNTAUNKOPF

TAUNTAUNSCHÄDEL

Tauntaun-Patrouillen

Tauntauns dienen den Rebelleneinheiten auf Hoths Echo-Basis zuverlässiger als Aufklärungsfahrzeuge, die oft von Wind und Kälte gestoppt werden. Tauntauns wurden daher gezähmt und schon früh während des Baus der Echo-Basis trainiert. Sie sind gehorsame und zähe Reittiere, aber sie geben dicke Öle und einen unangenehmen Geruch von sich. Stoßtruppreiter müssen sich daran gewöhnen. Während sie ihre Tauntauns reiten, halten sie ständig Ausschau nach imperialen Kräften.

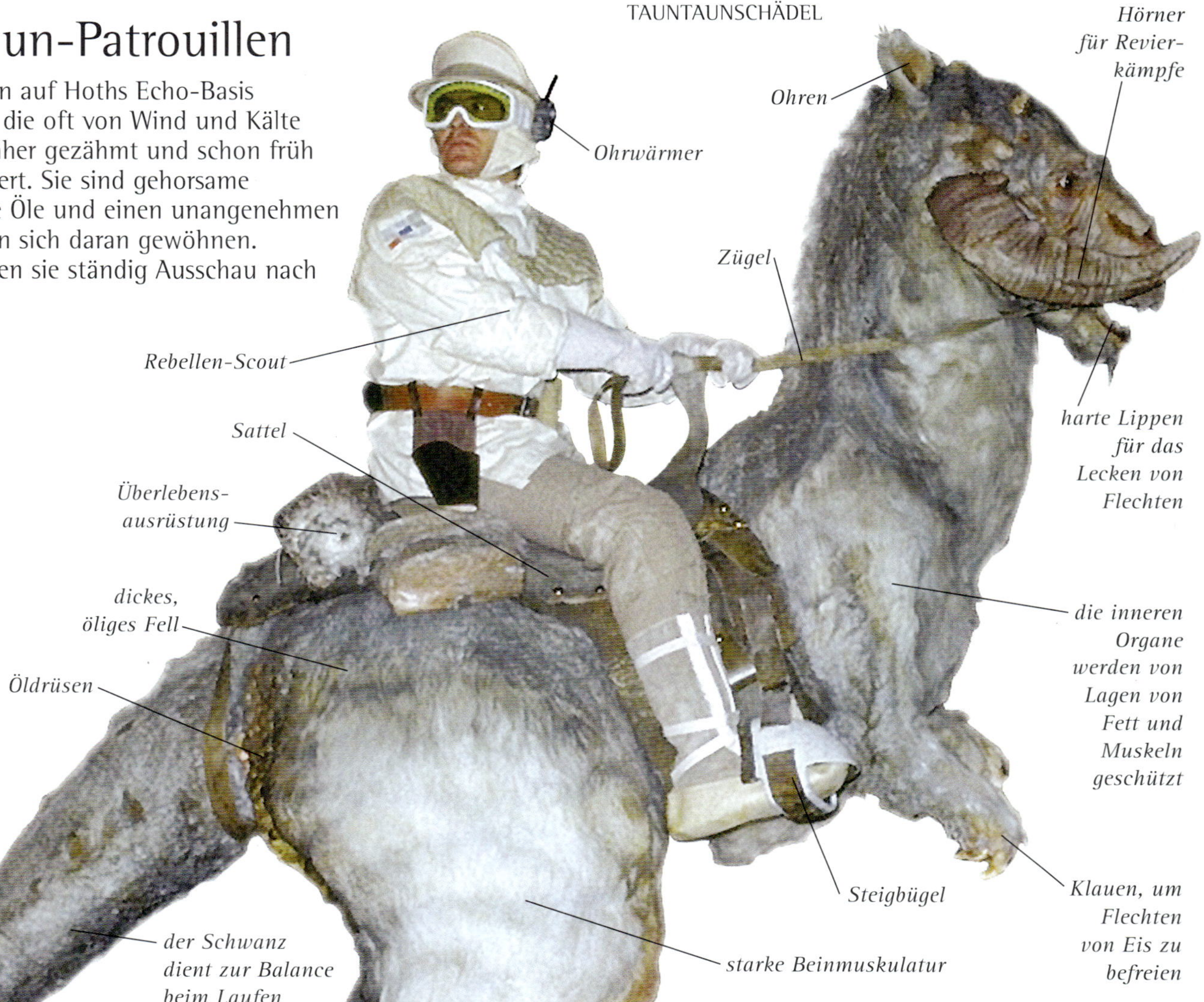

Hoth

Hoth ist unbewohnbar, außer einem subarktischen Band, das den Äquator umgibt. Die Echo-Basis der Rebellen ist im schneereichen Norden dieses Bandes angesiedelt. Viele Tauntauns leben in der äquatorialen Tundra und ernähren sich von Flechten und Eiswürmern.

DATEI ABLAGE

◆ Tauntauns werden von ultrasonischen Frequenzen bestimmter Droiden irritiert, wie dieser taktischen C-3PO-Einheit, und tendieren dazu, sie mit ihrem Schwanz zu schlagen. Die Droiden der Echo-Basis haben daher gelernt, vorsichtig zu sein.

◆ Viele der Rebellen-Tauntauns wurden in den Eishöhlen entdeckt, die zur Echo-Basis umgewandelt wurden.

Einige Male wurden Tauntauns in den Ställen der Echo-Basis von Wampa-Eiskreaturen getötet, die die Korridore nachts durchstreifen. Der medizinische Droide analysiert die Wunden und bestimmt ihre Herkunft.

Medizinische Droiden

DIE BERUHIGENDE ANWESENHEIT eines medizinischen Droiden ist ein willkommener Anblick für jeden Soldaten der Rebellen. Medizinische Droiden sind mit enzyklopädischen Erinnerungsbanken und statistischen Analysealgorithmen ausgerüstet, die es ihnen erlauben, in jeder Situation die beste Therapie zu wählen. So können sie verläßlich und kenntnisreich oft die Gesundheit von sogar schwer verletzten Patienten wiederherstellen.

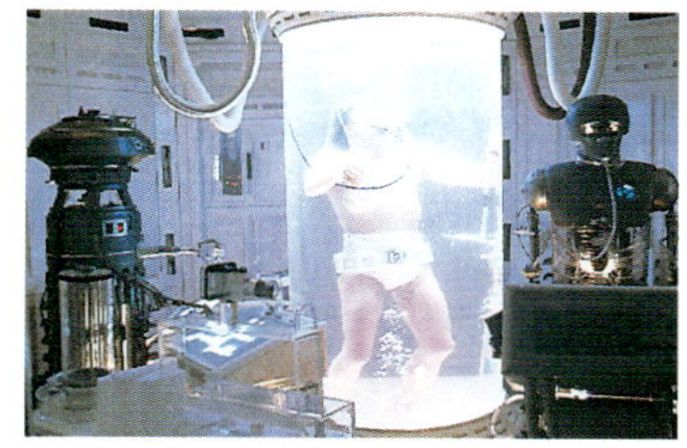

Die synthetische Chemikalie Bacta kann selbst schwerste Fleischwunden heilen. Patienten werden in Behälter mit Bacta getaucht, das ständig gefiltert und revitalisiert wird.

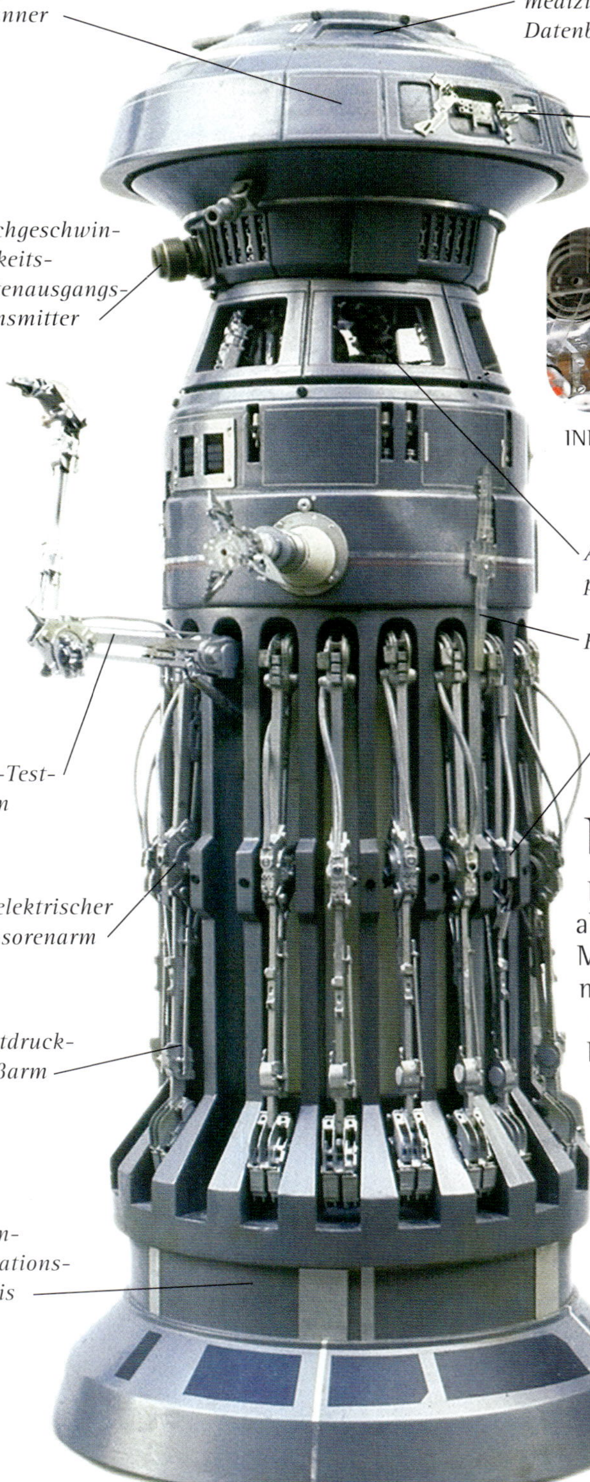

INNERE SYSTEME

FX-7

Der FX-7, ein antiquiertes, aber noch funktionsfähiges Modell, wurde als medizinischer Hilfsdroide entworfen. Seine Mehrfacharme können den Zustand eines Patienten schnell erfassen, indem sie verschiedene Tests durchführen, die den Anforderungen verschiedener Spezies entsprechen. Die genauen Daten, die der FX-7 liefert, geben dem Chirurgiedroiden die Informationen, die er braucht, um die richtige Therapie zu bestimmen.

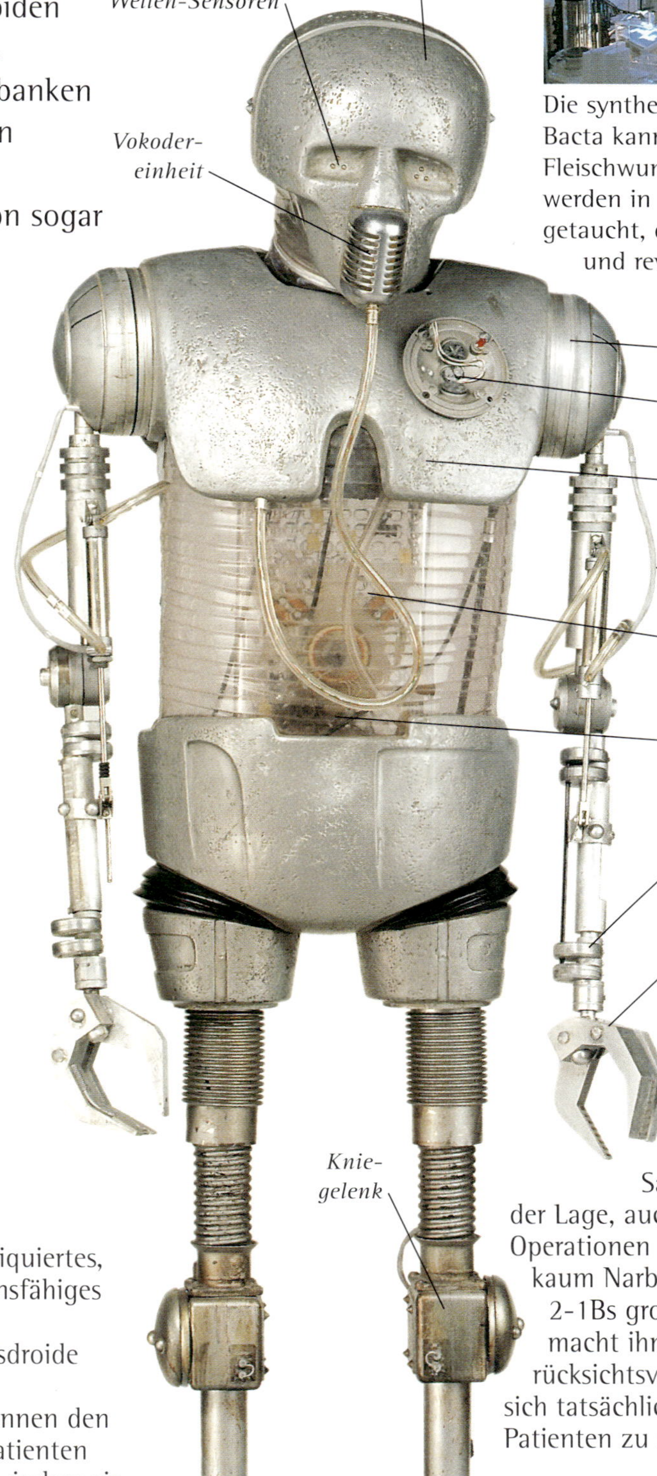

2-1B

2-1B ist ein exzellenter Chirurg und Sanitäter und ist in der Lage, auch extrem genau Operationen durchzuführen, die kaum Narben hinterlassen. 2-1Bs große Erfahrung macht ihn zudem rücksichtsvoll, und er scheint sich tatsächlich um seine Patienten zu sorgen.

DATEI ABLAGE

- Präzise hydraulische Systeme, die Flüssigkeiten in verschiedenen Temperaturen verwenden, geben 2-1B einen sanften Tastsinn.
- 2-1B behandelte Luke Skywalkers Wunden auf Hoth. Luke wollte, daß der Droide ihn erneut behandelt, nachdem er seine Hand auf der Wolkenstadt verlor.

Darth Vader

EINE UNHEILVERKÜNDENDE, schwarze Gestalt durchschreitet die Korridore der imperialen Flotte: Darth Vader. Einst wurde er als ein verrücktes menschliches Wrack betrachtet, doch schon bald gewann er die Gunst des Imperators, Macht und Einfluß, und wurde ein gefürchteter Kommandeur. Grand Moff Tarkin war einer der wenigen, die Vaders Fähigkeiten trotz seiner bizarren Erscheinung und seines exzentrischen Verhaltens erkannten. Als seine rechte Hand erlangte Vader eine neue Ebene des Respekts in den oberen Kreisen des imperialen Militärs. Obwohl er unfähig ist, ohne das Lebenserhaltungssystem seines Anzugs zu existieren, ist Vader dank seines Wissens um die dunkle Seite der Macht eine mächtige, gefährliche Bedrohung.

Vader stieg durch die imperialen Ränge auf, mußte dabei mit Ablehnung und der Verachtung höherer Offiziere kämpfen. Er erntete den Respekt der Fronttruppen und Kommandeure für seine wagemutigen Aktionen und seine Anwesenheit an der Front.

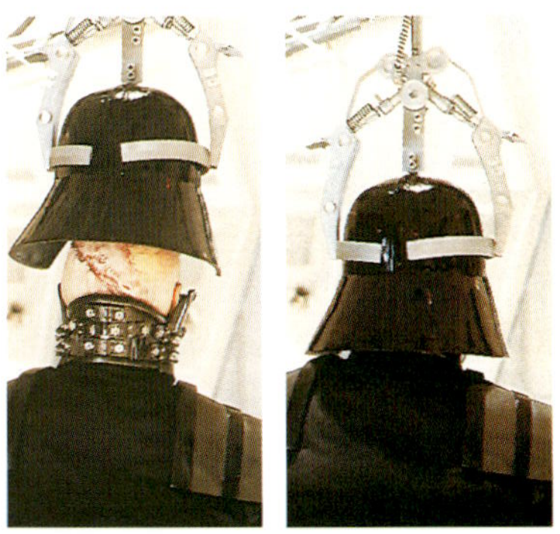

Vader erlaubt niemandem, ihm beim Ankleiden zu helfen. In einer speziellen Isolationskammer helfen ihm statt dessen mechanische Arme beim Entfernen oder Austausch von Anzugskomponenten.

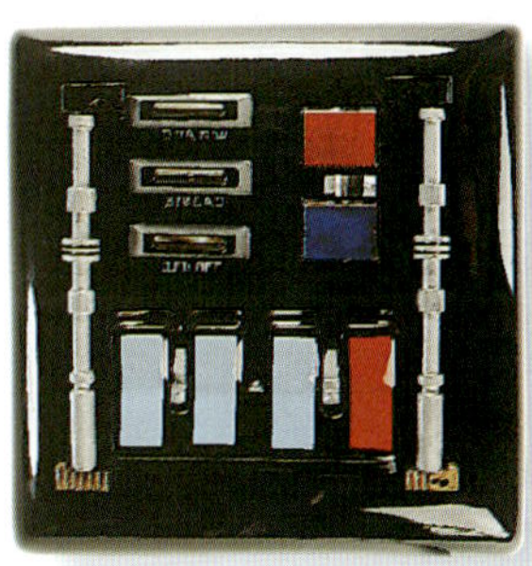

BRUSTPLATTE
Vaders Lebenserhaltungssysteme werden von einer zentralen Brustplatte auf seinem Anzug aus überwacht und kontrolliert. Diagnostische Karten für periodische Überprüfungen können seitlich eingeführt werden, während man über Knöpfe die Funktion verändern kann.

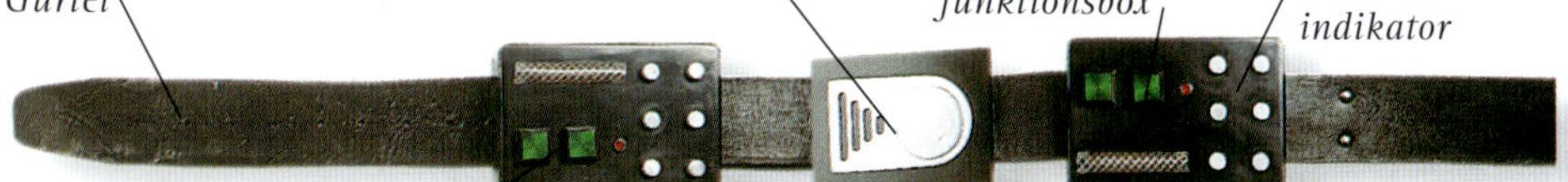

DARTH VADERS GÜRTEL

Vader plante mit dem Imperator, den jungen Luke auf die dunkle Seite zu ziehen. In einem Lichtschwertduell führte ihn Vader mit dem Vorschlag in Versuchung, gemeinsam den Imperator zu vernichten. Wo Vaders wahre Loyalitäten zu der Zeit lagen, verlor sich in der Schwärze seiner Seele.

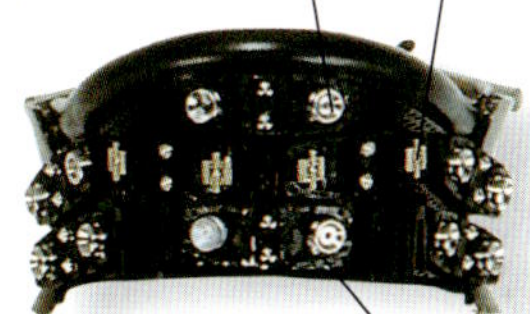

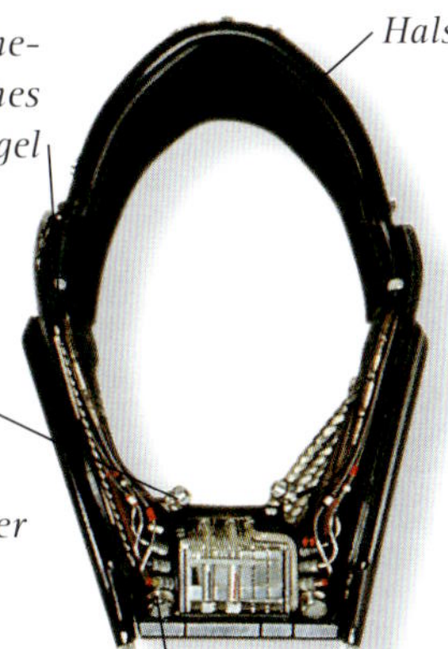

DAS INNERE VON VADERS HELM

Vaders Helm ist der wichtigste Teil seines Lebenserhaltungsanzugs, verbunden mit einem flachen Tornister, um Luft in und aus Vaders kaputten Lungen zu pumpen und seinen entstellten Kopf zu schützen.

gepanzerte Stiefel verbinden Cyborg-Elemente mit dem Körper

Anakin Skywalker

Die Tragödie des Darth Vader wird offenbart, als er Luke Skywalker eröffnet: »Ich bin dein Vater.« Vader hofft, Luke auf den gleichen dunklen Pfad von Haß und Zorn zu verleiten, der Anakin Skywalker zerstört hat. Statt dessen findet er heraus, daß Luke entschlossen ist, für seinen Vater Erlösung zu erlangen, ganz egal, was aus ihm geworden ist.

DATEI ABLAGE

- ◆ Über die Jahre hat Vader seine Fähigkeit, die dunkle Seite der Macht zu manipulieren, verbessert und sie dazu benutzt, den Verfall seines Körpers aufzuhalten und um Gegner seinem Willen zu unterwerfen. Unter Aufsicht des Imperators lernt Vader sogar durch bloße Willenskraft zu töten.
- ◆ Vader erhielt seine Verwundungen in einem Kampf mit seinem früheren Lehrer Obi-Wan Kenobi, und ein großer Teil seines Körpers ist nun durch Maschinenteile ersetzt.
- ◆ Vader zieht sich den Zorn von höheren Offizieren zu, indem er mit seinem eigenen Jäger in den Kampf geht.

Imperiale Anführer

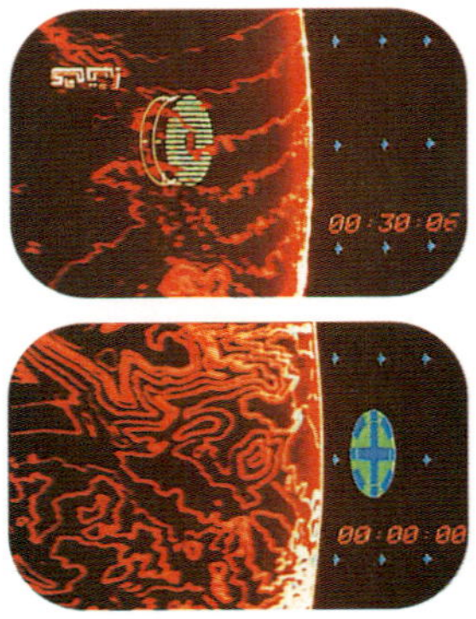

VERFOLGUNGSMONITOR
Dieser Verfolgungsmonitor des Todessterns zeigt den vierten Mond von Yavin, der hinter dem Planeten in die Feuerzone kommt.

DER WILLE DES IMPERATORS wird mit der Macht der imperialen Raumflotte und ihren Sturmtruppen durchgesetzt. Imperiale Militärkommandeure führen die Befehle des Imperators aus und besetzen die wahren Machtpositionen in der Neuen Ordnung. Der Preis für Versagen kann den Tod bedeuten, aber die Ambitionen für die höchsten Posten führen trotzdem zu scharfem Wettbewerb zwischen den Offizieren. Während Bürokratie unfähige Männer in hohe Positionen versetzen kann, sind viele der Kommandeure des Imperiums gefährliche militärische Talente in einem System, das nur rücksichtslose Effizienz schätzt.

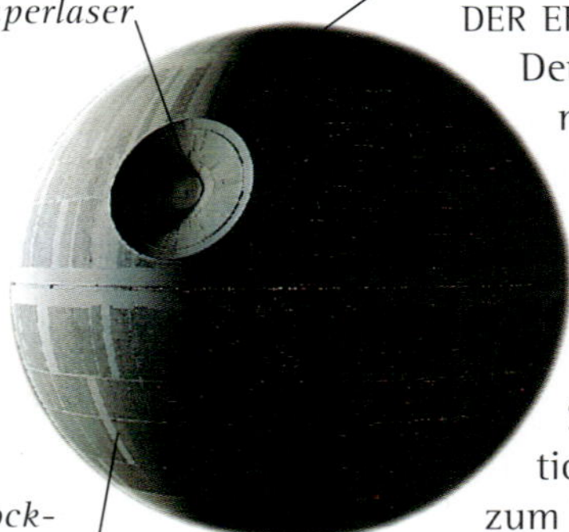

DER ERSTE TODESSTERN
Der Todesstern besitzt einen Hypermassereaktor, der genug Energie erzeugen kann, um einen ganzen Planeten zu zerstören. Gegen einen Angriff von Schlachtschiffen ist er perfekt geschützt – und doch hat diese Kampfstation eine fatale Schwäche in Form einer Ventilationsöffnung (mit direkter Verbindung zum Reaktor), die von kleinen Jagdmaschinen bombardiert werden kann.

An Bord des ursprünglichen Todessterns kann dieser Konferenzraum holographische taktische Anzeigen projizieren, die von Tarkin und seinem Stab ausgewertet werden.

Grand Moff Tarkin

Als Gouverneur der imperialen Randregionen ersinnt Grand Moff Wilhuff Tarkin den Todesstern als Teil seiner Doktrin: *Herrsche durch Angst!* Die Sternensysteme der imperialen Randregionen sind zu zerstreut, um effektiv von der Flotte überwacht zu werden – aber die Angst vor dem Todesstern wird alle unterwerfen!

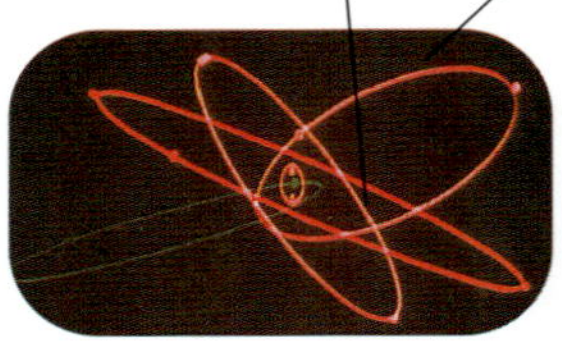

ZIELDARSTELLUNG DES SUPERLASER

TODESSTERN-KANONIERE
Den Befehlen ihrer Vorgesetzten folgend stellen die Kanonierführer sicher, daß sich die gigantischen Energien des Todesstern-Lasersystems nicht überladen oder Phasenverschiebungen auftreten, die zu schweren internen Explosionen führen können.

HELM EINES TODESSTERN-KANONIERS

General Veers

General Maximilian Veers ist der Kopf hinter dem verheerenden imperialen Angriff auf Echo-Basis und führt die Unternehmung persönlich aus dem Cockpit des Kommandowalkers. Veers, ein verschlagener und fähiger Mann, ist ein vorbildlicher imperialer Offizier.

ADMIRAL PIETT

ADMIRAL OZZEL

CAPTAIN NEEDA

MOFF JERJERROD

Imperator Palpatine

IN DEN LETZTEN TAGEN der Alten Republik ließ sich Senator Palpatine mit Hilfe von Täuschungen zum Präsidenten des Galaktischen Senats wählen. Er verhängte das Kriegsrecht in der Galaxie und begann durch die militärische Kraft der neu formierten Imperialen Flotte zu herrschen. Palpatine bevorzugt die Kleidung eines einfachen Mannes, zieht aber seine Kräfte der Überzeugung und Kontrolle aus den schwärzesten Tiefen der dunklen Seite der Macht. Obwohl die Macht sein Aussehen verzerrte, erhielt sie ihn doch übermenschlich lang am Leben, und sogar in seinem hohen Alter bleibt der Imperator eine Figur mit schrecklicher Macht.

DER ZWEITE TODESSTERN
Der Imperator entwarf den zweiten Todesstern als kolossale Falle, die durch vorgespielte Verwundbarkeit die Flotte der Rebellen in eine tödliche Schlacht verwickeln sollte.

Die zeremoniellen Ankünfte des Imperators werden von Tausenden von Sturmtruppen und Paraden von Jägerstaffeln begleitet.

IMPERIALES SHUTTLE

An Bord des zweiten Todessterns überblickt der Thronraum des Imperators die Sterne von einem Hochisolations-Turm aus.

Imperiale Würdenträger

Die Gunst des Imperators kann Individuen in phantastisch hohe Positionen befördern. Viele »Würdenträger« verdanken ihre Posten der Zuneigung von Palpatine und bilden eine Gesellschaft von verdrehten Speichelleckern und Meuchelmördern.

DATEI ABLAGE

- Mysteriöse und fanatisch loyale imperiale Wachen beschützen den Imperator, wohin er auch reist.
- Die »Roten Wachen« sind so gut in der Kunst des Tötens ausgebildet, daß ihre Waffe kein Blaster ist, sondern ein vibroaktiver Energiespieß, mit dem sie blitzschnell präzise und tödliche Wunden zufügen können.

Imperiale Sturmtruppen

Die Imperiale Armee oder Flotte halten die Ordnung aufrecht; Sturmtruppen werden eingesetzt, um Widerstand zu brechen und die Hauptlast der Kämpfe zu tragen. Entereinheiten von Sturmtruppen sind systematisch und professionell in der Übernahme eines aufgebrachten Schiffs.

IMPERIALE STURMTRUPPEN sind die Erstschlageinheiten, die in kritische Kampfeinsätze zur Unterstützung der imperialen Sternenflotte und der imperialen Armee geschickt werden. Die Sturmtruppen sind äußerst diszipliniert und völlig loyal gegenüber dem Imperator und führen ihre Befehle ohne zögern und ohne Achtung für das eigene Leben aus. Diese grimmigen, unpersönlichen Truppen zerschlagen mit ihrer Ausbildung und ihren Waffen jeden Widerstand mit rücksichtsloser Effizienz. Ein weißer Raumpanzer, der über einem Körperanzug getragen wird, schützt sie vor rauhen Atmosphären, Projektilen und Einschlagwaffen und indirektem Laserbeschuß. Die Sturmtruppen werden mit den besten und mächtigsten Waffen ausgerüstet, sind die effektivsten Truppen des imperialen Militärs und daher die am meisten gefürchteten Gegner der Allianz.

Sturmtruppenblaster

Das imperiale E-11 BlasTech Standardgewehr kombiniert in einem kompakten und einfachen Design ausgezeichnete Reichweite mit tödlicher Feuerkraft. Eine Standard-Munitionszelle verfügt über genügend Energie für 100 Schüsse, Ersatzzellen werden im Truppengürtel mitgetragen. Plasmagasmagazine reichen für über 500 Schuß, und die Waffe hat ein fortschrittliches Kühlsystem für Dauerfeuer. Eine ausklappbare, dreiteilige Schulterstütze verwandelt die Waffe in eine Gewehrkonfiguration für Dauerfeuer über große Reichweiten.

GERÄTEGÜRTEL-WERKZEUGE
Die Standardausrüstung im Gerätegürtel beinhaltet Energiepakete, Energierationen und eine kompakte Werkzeugtasche. Der Gürtel kann zusätzliche Geräte wie Greifhaken, Comlinks, Ferngläser, Handschellen oder andere Teile enthalten, wie diesen Kampf De-Ionisierer.

Die Sturmtruppenlegionen werden oft in überwältigenden Zahlen eingesetzt und vorgeführt. Dies dient der psychologischen Unterdrückung, ebenso wie die Anonymität der Körperpanzer.

STURMTRUPPENOFFIZIERSMÜTZE

GÜRTELSCHNALLE

OFFIZIERS-RANGABZEICHEN

CODEZYLINDER

CODESENDER

Sturmtruppenoffiziere

Für repräsentative Zwecke tragen Sturmtruppenoffiziere schwarze Uniformen und Kappen. Ihre Abzeichen – Offiziersscheiben, Rangabzeichen und Codezylinder – stimmen mit dem Standard der Imperialen Flotte überein. Codezylinder erlauben es den Offizieren, Zugang zu Sicherheitsbezirken und Computersystemen zu erhalten. Alle Sturmtruppenoffiziere sind altgediente Soldaten; im Kampf tragen sie den gleichen Panzer wie die anderen Soldaten. Offiziere im Fronteinsatz können manchmal lediglich farbige Schulterklappen als sichtbare Rangabzeichen tragen.

Im Kampf sind Sturmtruppen so diszipliniert, daß sie Verluste in den eigenen Reihen ignorieren. Diese werden nur aus taktischen Gründen zur Kenntnis genommen. Sturmtruppen werden nie von Gefühlen abgelenkt.

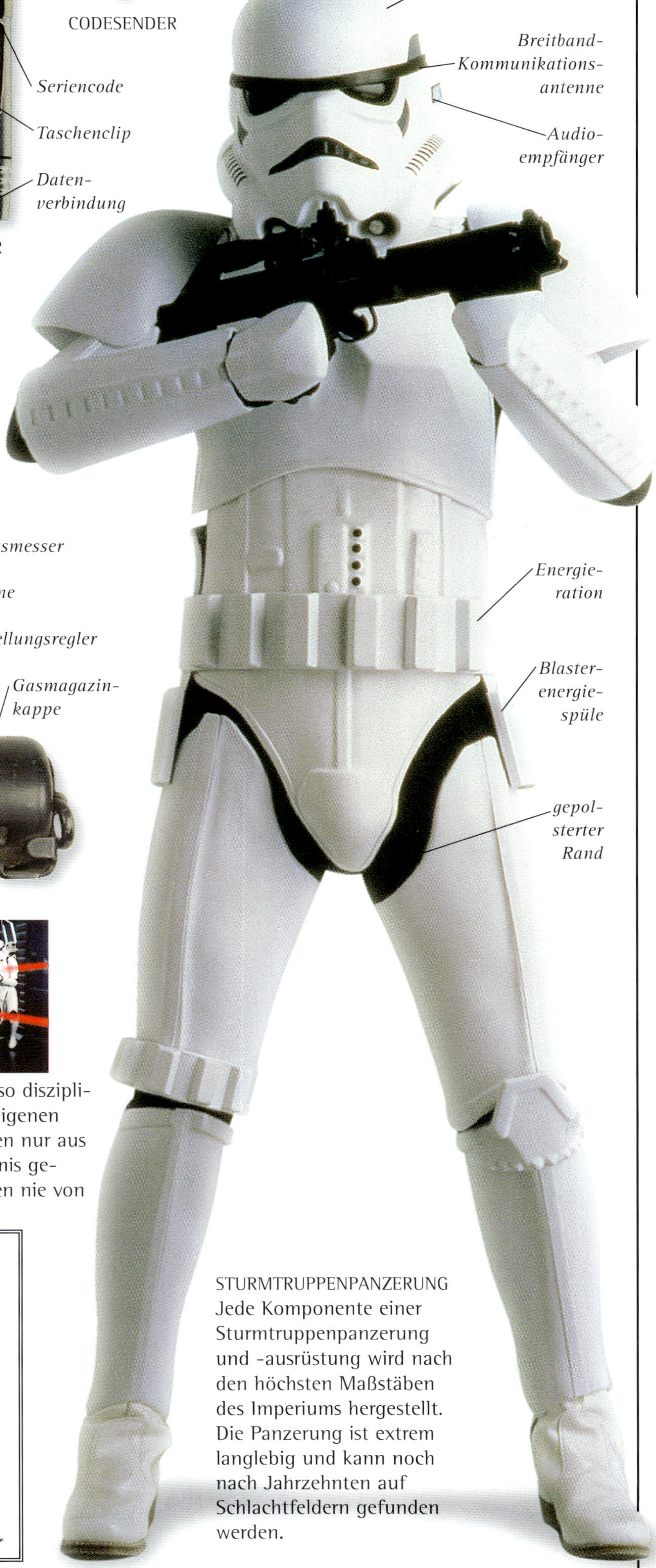

STURMTRUPPENPANZERUNG
Jede Komponente einer Sturmtruppenpanzerung und -ausrüstung wird nach den höchsten Maßstäben des Imperiums hergestellt. Die Panzerung ist extrem langlebig und kann noch nach Jahrzehnten auf Schlachtfeldern gefunden werden.

DATEI ABLAGE

◆ Ein Energiepäckchen und komprimiertes Gas in der Rückenpanzerplatte erlauben es Sturmtruppen, selbst im Vakuum des Raums für kurze Zeit zu überleben. Für längere Perioden im Raum tragen Sturmtruppen Tornister mit Lebenserhaltungssystemen.

◆ Der Sturmtruppenpanzer ist sicher gegen Projektilwaffen und Schrapnell. Er kann von einem direkten Blasterbeschuß durchschlagen werden, aber er lenkt Streifschüsse ab und vermindert den Schaden bei direkten Treffern.

Sturmtruppenausrüstung

OBWOHL DIE BRUTALE AUSBILDUNG und das intensive Konditionieren von Sturmtruppen einen großen Teil ihrer Schlagkraft und Effektivität ausmacht, trägt auch die imperiale Ausrüstung zu ihrem Ruf als gefürchtetste Soldaten der Galaxie bei. Die Soldaten tragen oft Gürtel mit zusätzlicher Munition (Energiepäckchen und Blastermagazine) und umfassende Überlebensrationen. Standardtornister können Truppen an ein extremes Klima oder sogar Raumvakuum anpassen. Die Tornister können verschiedene Spezialausrüstungen wie Mikrovaporatoren zum Sammeln von Wasser, Kühlsysteme, aber auch Bauteile für Basislager und andere Frontausrüstung enthalten, um den Soldaten für spezielle Missionen auszurüsten.

Unter fähigen Offizieren wie Kommandeur Praji passen sich Sturmtruppen dem Gelände an. Die unberechenbaren Sandstürme von Tatooine können Landefähren ausschalten, aber heimische Dewback-Echsen tragen Suchmannschaften mit Ausrüstung durch jedes Wetter.

Mit den Hochleistungskommunikatoren in ihren Tornistern alarmierten Sturmtruppen in Mos Eisley die Sternenzerstörer im Orbit, um den Millennium Falken abzufangen.

Comlink

Die Comlinks ergänzen das im Helm installierte Sender/Empfängersystem durch ihre verbesserte Reichweite und Abschirmung. Comlinks können mit hochentwickelten Verschlüsselungs-algorithmen nur miteinander kommunizieren. Innerhalb oder in der Nähe von imperialen Basen werden Comlink-Signale automatisch verstärkt, um bessere Übermittlung zu gewährleisten.

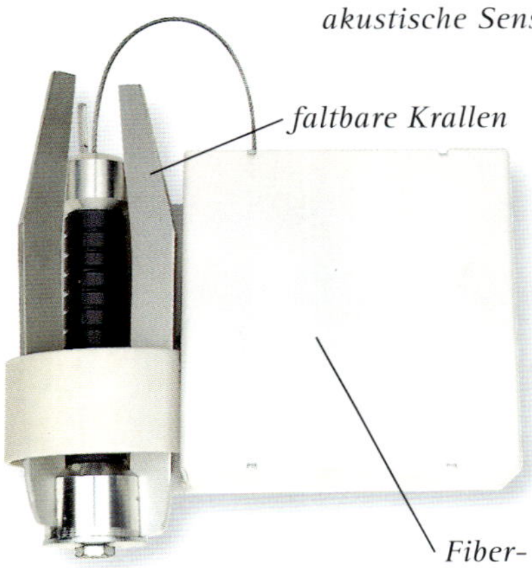

GREIFHAKEN

Thermaldetonatoren

An Sturmtruppen wird normalerweise ein Thermaldetonator ausgegeben, der an der Hinterseite des Gürtels getragen wird. Anzeigen für Entsicherung, Zeituhr und Blastintensität sind nicht aufgedruckt, so daß feindliche Truppen die Explosivkörper nicht benutzen können. Diese Detonatoren werden eigentlich nicht gegen Eindringlinge an Bord eines imperialen Schiffs oder in einer Kampfstation eingesetzt; trotzdem tragen Truppen diese Standardausrüstung mit sich herum, um ständige Einsatzbereitschaft zu gewährleisten und um sich an die Ausrüstung zu gewöhnen.

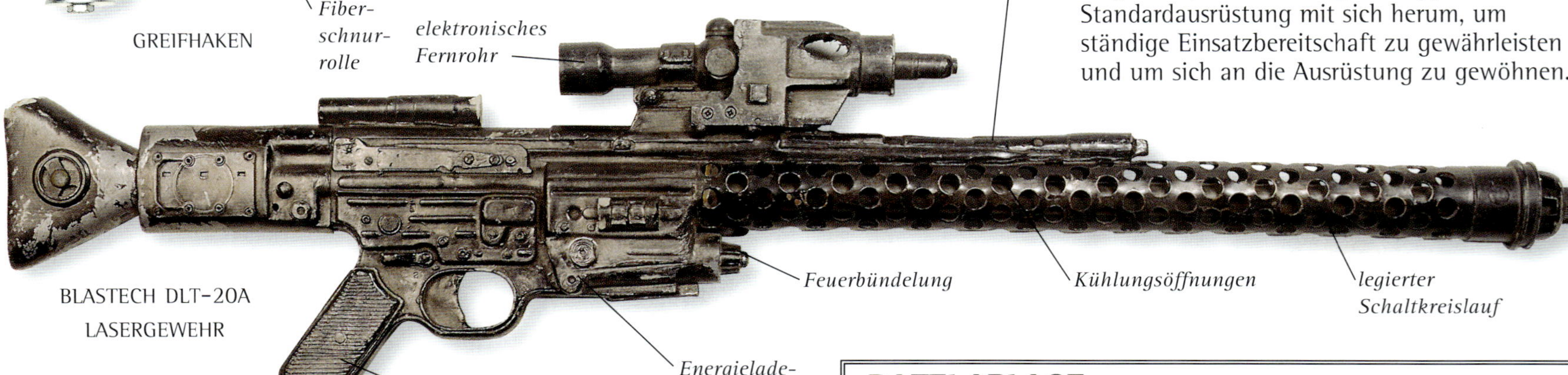

BLASTECH DLT-20A LASERGEWEHR

Lasergewehr

Beim Fronteinsatz bietet das imperiale Seitengewehr oft ungenügende Treffsicherheit bei großen Entfernungen. Fronttruppen erhalten daher Blastergewehre, die die Genauigkeit der Blastergeschosse durch zusätzliche Druckringe und längere Läufe verbessern. Imperiale Blastergewehre sind sehr belastbare Waffen, die den imperialen Truppen in der Schlacht einen tödlichen Vorteil bieten und einen hohen Preis auf dem Schwarzmarkt erzielen.

DATEI ABLAGE

- Sturmtruppentornister können Feldkommunikationssets, Mörser und Ausrüstung zur Errichtung von Sicherheitszonen enthalten.
- Gruppenführer, die Einheiten von sieben Mann führen, tragen orange Schulterklappen.

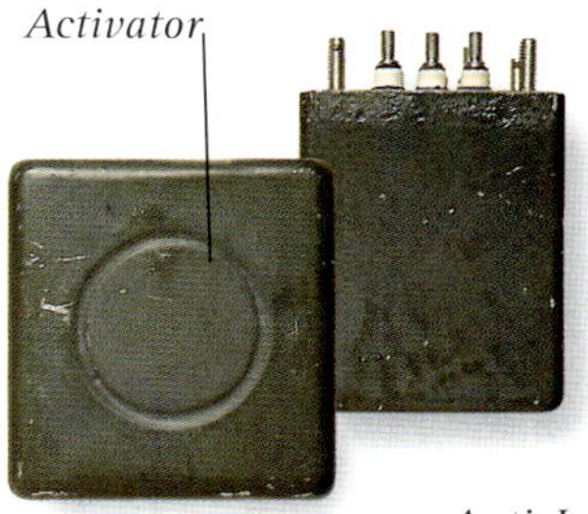

ENERGIEZELLEN
Kleine Energiezellen passen in die Standardausrüstung von Sturmtruppen, wie Standardhelme und Tornister, sowie Kommunikationsgerät und andere Feldausrüstung. Komplexe Schaltkreise nutzen die maximale Energie der Zellen.

Sturmtruppenhelm

Es gibt eine Reihe von verschiedenen Modellen des Sturmtruppen-Standardhelms, in die unzählige spezialisierte Komponenten und im Lauf der Jahre auch Neuentwicklungen eingebaut worden sind. In diesem Modell schafft die verbesserte optische Ausrüstung holographische Bilder des umliegenden Geländes, schützt das Auge vor grellem Licht und ermöglicht die Sicht durch Barrieren wie Rauch, Dunkelheit und Feuer. Optische Ausrüstung in Helmen kann von simplen Augenlinsen bis zu hochtechnologischen Sichtprozessoren reichen. Die Helme werden gekühlt und klimatisiert, um die Träger immer einsatzbereit zu halten.

Züge von sieben Sturmtruppen mit Hochleistungssuch- und Kommunikationsgerät verteilten sich schnell über Tatooines Dünenmeer, um die Rettungskapsel mit R2-D2 und C-3PO zu suchen.

Elitesturmtruppen

Für jede militärische Situation und jede besondere Umgebung, die Standard-Sturmtruppen überfordern würde, gibt es eine entsprechende Klasse von imperialen Soldaten. Bestimmte imperiale Truppen werden früh für eine Spezialisierung und Konditionierung mit dem geeigneten Wissen und psychologischen Training ausgewählt. Einmal spezialisiert, ist die psychologische Konditionierung ihrer Identität so stark, daß sie nie die Division wechseln können oder wollen.

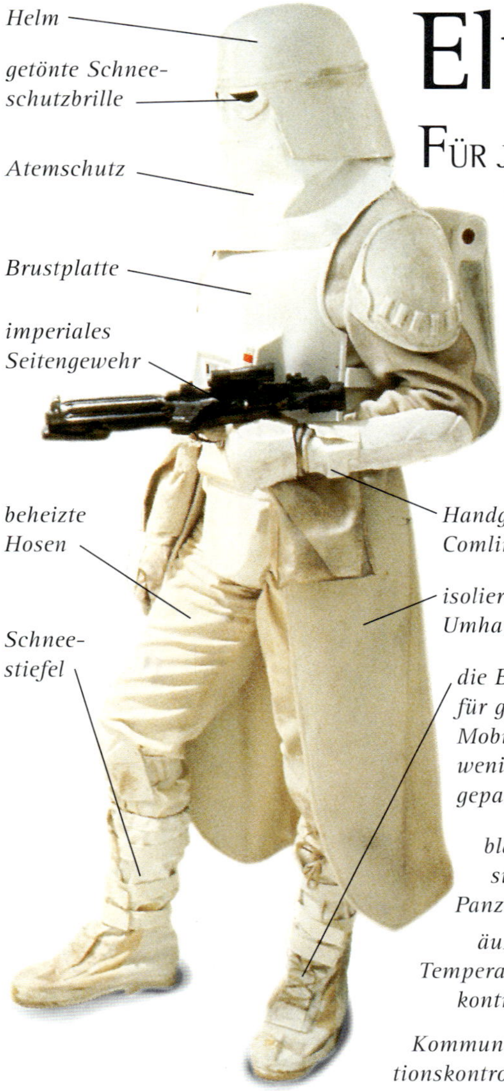

Der schwere E-Netz Blaster kann in seine Einzelteile zerlegt werden und so über schwieriges Schneegelände oder Eiskorridore von wenigen Soldaten getragen werden. Mit solchen Waffen können die Truppen jeden Geländevorteil der Rebellen ausgleichen.

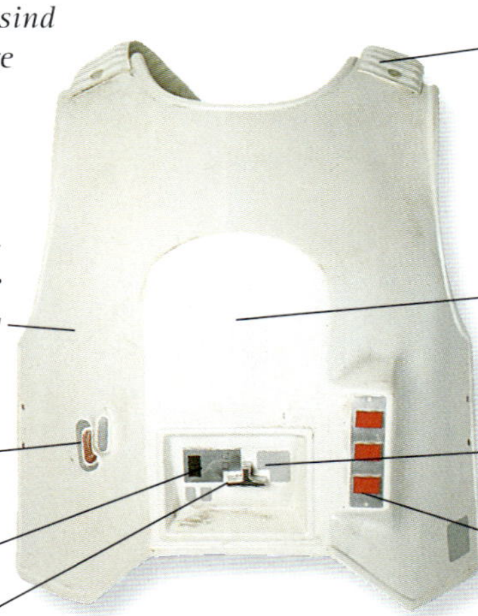

SCHNEETRUPPEN-BRUSTPLATTE

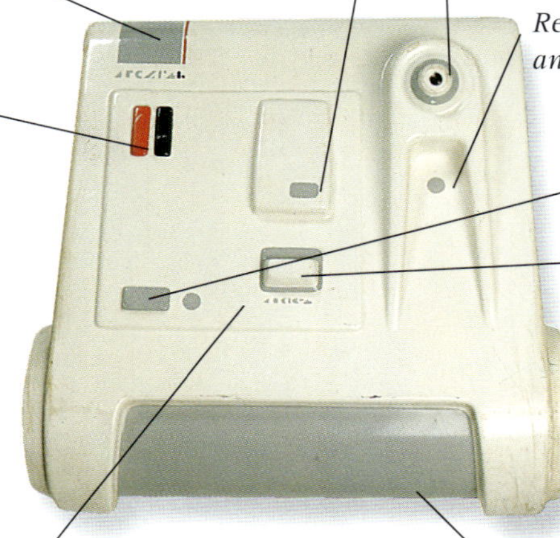

SCHNEETRUPPEN-TORNISTER

Schneetruppen

Mit ihren Atemheizungen unter ihren Gesichtsmasken sind die Schneetruppen fast so etwas wie eigenständige mobile Kampfmaschinen. Ihre Tornister und Anzugssysteme halten sie warm und außergewöhnlich mobil in eisigem Gelände; sie können allein von ihrer Batterieenergie für zwei Wochen im eiskalten Gelände überleben.

Die Bodentruppen von General Veers Stoßtruppen auf Hoth wurden bei der Einnahme der Echo-Basis von Darth Vader begleitet. Vader beaufsichtigt die Besetzung der Basis in vorderster Linie seiner Sturmtruppen.

Speederbike

Das leichte imperiale Repulsorlift-Speederbike trägt einen oder zwei Fahrer bei hoher Geschwindigkeit zur Aufklärung oder zum Kampfeinsatz. Ein ungewöhnlicher Turbinenrepulsorlift hält das Bike selbst bei extremen Bewegungen stabil. Nach vorne reichende Repulsorfelder helfen dabei, durch Hindernisse wie Bäume zu fliegen, aber das Bike muß gut geführt werden, denn die Felder können das Fahrzeug nicht allein um die Hindernisse lenken.

In den dichten Wäldern von Endor kontrollieren Biker Scouts die Umgebung des imperialen Schildgenerators, immer auf der Suche nach schwierigen Waldwesen oder terroristischen Kommandos. Sie arbeiten in Zweier- oder Dreiergruppen, um das Überwachungsgebiet zu vergrößern.

Scouttrooper

Die Scouts sind für große Beweglichkeit und für lange Perioden ohne logistische Unterstützung ausgerüstet. Obwohl sie für einen extremen Grad an Unabhängigkeit ausgebildet werden, sind sie dennoch darauf konditioniert, wenn möglich mit Partnern zusammenzuarbeiten. Scouts sind nur am Kopf und der oberen Körperhälfte gepanzert. Sie führen Essensrationen, Mikrokabel und andere Ausrüstungsteile mit sich, die es ihnen ermöglichen, fast jedes Objekt zu erreichen und lautlos zu infiltrieren, auch weit entfernt von der Versorgung imperialer Basen.

DATEI ABLAGE

◆ Andere spezialisierte imperiale Divisionen sind die Lufttruppen, Seetruppen, Tunnelgräber und Magma-Truppen, die vulkanische Minenwelten unter Kontrolle halten.

◆ Scout-Helme beinhalten Bewegungsmesser, Nachtsichtfähigkeit, Zielvergrößerung und verstärkte Macrofernstecher-Sichtplatten, mit denen sie Energieemissionen sehen können.

SCOUTBLASTER

Imperiale Piloten

IMPERIALE JÄGERPILOTEN sind eine Elite in der Imperialen Flotte. Nur zehn Prozent von denen, die in das Ausbildungsprogramm aufgenommen werden, erhalten auch eine Flugerlaubnis. Durch ihre intensive psychologische Konditionierung konzentrieren sie sich gänzlich auf die Zerstörung ihres Ziels und wissen, daß ihre Mission über allem steht, auch über persönlicher Sicherheit und dem Schutz des Flügelmannes. Jeder Pilot weiß, daß er ersetzbar ist. TIE-Piloten werden darauf trainiert, ihren TIE-Fighter als den direktesten Ausdruck des militärischen Willens des Imperiums zu betrachten; sie fühlen sich in ihrer Rolle wohl und sind sogar stolz auf ihre totale Abhängigkeit von einer höheren Autorität.

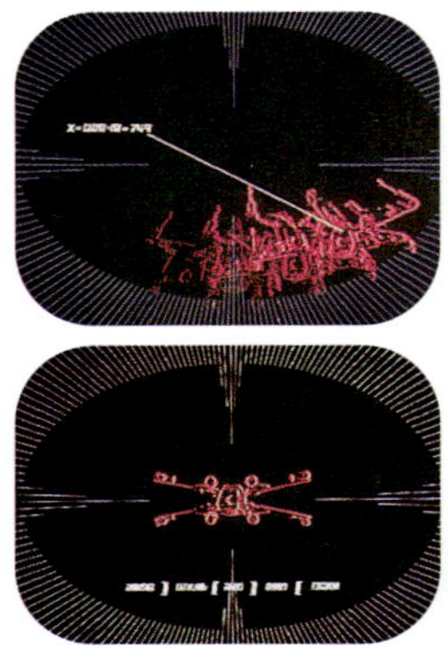

ZIELANZEIGE
Die TIE-Zielanzeigen sind allen Rebellensystemen überlegen. Die fortschrittlichen Anzeigen dieser Seinarsysteme verfolgen Ziele in hoher Auflösung.

TIE-Fighter

Der Standard-TIE-Fighter besitzt kein Schutzschild oder Hyperantrieb. Er wird von Hochleistungs-Ionen-Triebwerken, die von Solar-Flügeln versorgt werden, angetrieben. Dieses leichte Design verleiht dem Schiff eine tödliche Wendigkeit, aber der Pilot ist schutzlos und kann nur in der Nähe seiner Basis operieren. TIE-Piloten betrachten Schilde als Werkzeug von Feiglingen.

STÖRSENDER

FIGHTER TANKÖFFNUNG
TIE-Fighter Treibstoff ist ein radioaktives Hochdruckgas. Der Zwillingsionenantrieb des Schiffs hat keine beweglichen Teile, was den TIE wartungsfreundlich macht.

DATEI ABLAGE

◆ Piloten verlassen sich auf ihre Kampfanzüge, um im Raum am Leben zu bleiben, da TIE-Fighter keine Lebenserhaltungssysteme haben.

◆ TIE-Fighter haben keine Landevorrichtungen und werden von speziellen Hangars aus gestartet.

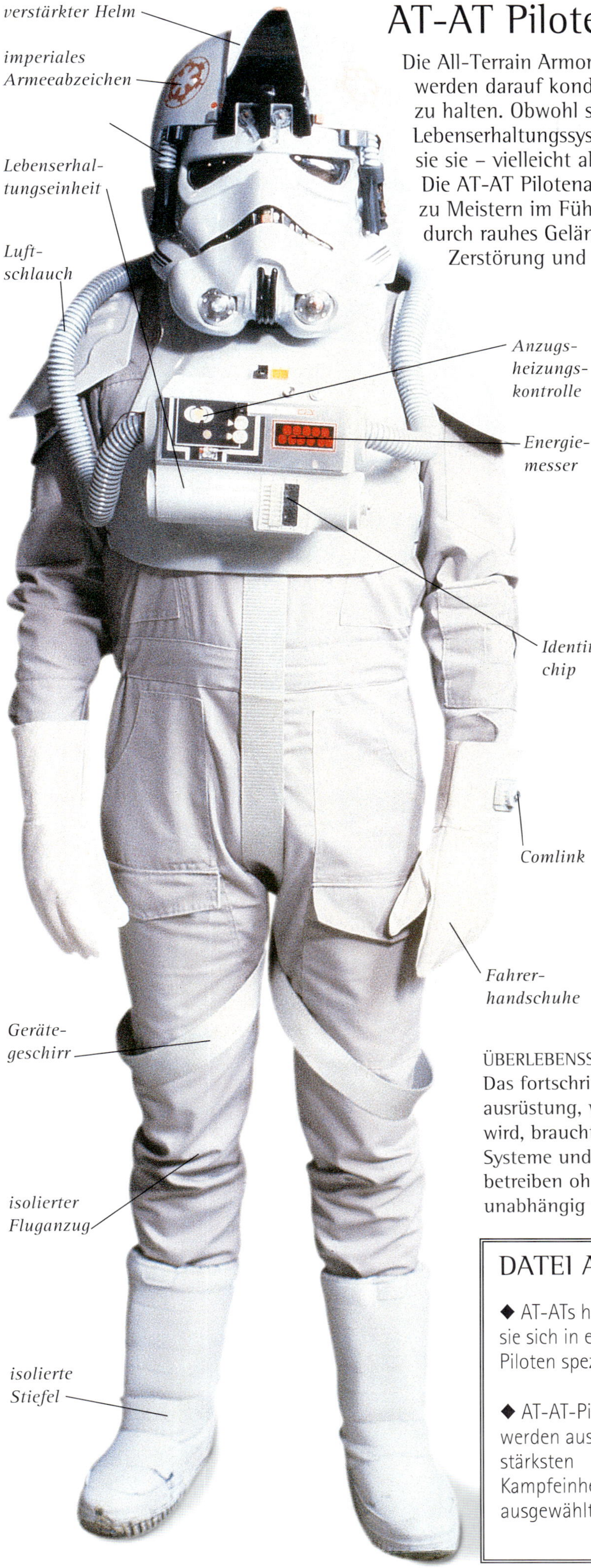

AT-AT Piloten

Die All-Terrain Armored Transport (AT-AT) Piloten werden darauf konditioniert, sich für unbesiegbar zu halten. Obwohl sie ihre Panzerung und Lebenserhaltungssysteme nicht brauchen, tragen sie sie – vielleicht als Teil ihrer Kampfgeschichte. Die AT-AT Pilotenausbildung macht diese Männer zu Meistern im Führen der mächtigen Walker durch rauhes Gelände oder Stadtstraßen, wo sie Zerstörung und Schrecken verbreiten.

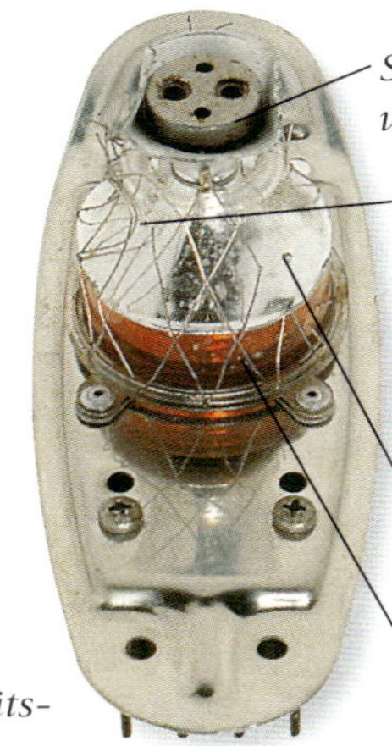

AT-AT-ZIELSENSOR

RUCKSACKKONTROLLEINHEIT

ÜBERLEBENSSYSTEMENERGIEEINHEIT
Das fortschrittliche Design der imperialen Feldausrüstung, wie sie von AT-AT-Piloten getragen wird, braucht nur eine Energiezelle, um die Systeme und die Heizung bis zu fünf Tagen zu betreiben ohne aufzuladen. Die Energiezelle ist unabhängig und arbeitet extrem effizient.

DATEI ABLAGE

◆ AT-ATs haben keine Klimakontrolle. Wenn sie sich in eisiges Gelände wagen, müssen Piloten speziell gefütterte Anzüge tragen.

◆ AT-AT-Piloten werden aus den stärksten Kampfeinheiten ausgewählt.

AT-ST Walker Piloten

Der All-Terrain Scout Transport (AT-ST) kann sich durch Gelände bewegen, das einem normalen AT-AT Walker den Weg versperrt. Ihre Piloten werden nach ihrem überlegenen Sinn für Gleichgewicht und Geschicklichkeit an der Walkerkontrolle ausgewählt, da Scout Walker fähig sein müssen, sich schnell durch das Unerwartete zu bewegen, um ihre Aufklärungsmissionen und Kampfeinsätze zu erfüllen.

Wälder und steile Hügel können leicht vom kleinen, kreiselstabilisierten AT-ST oder Scout Walker überwunden werden. Seine Reichweite ist aber gering, da er zu klein ist, um einen ganzen Bewegungs-Energiegenerator mit sich zu führen.

AT-AT Walker

Diese riesigen Maschinen werden als Terrorwaffen benutzt. Ihre kräftigen Geherkontrollen können nur von Piloten mit großer Kraft bedient werden. Bis zur Schlacht um Hoth wurden AT-ATs im Kampf als unbesiegbar gehalten, und ihr bloßes Erscheinen war oft Grund genug, um feindliche Kräfte zum Rückzug zu zwingen.

Imperiale Droiden

DIE STREITKRÄFTE DES IMPERIUMS passen normale Droidenmodelle bestimmten imperialen Zwecken an und geben auch neue Modelle in Auftrag, beispielsweise illegale Attentats- und Folterdroiden. Imperiale Droiden sind auf sehr enge Parameter programmiert, die ihre Fähigkeit zu unabhängigem Handeln stark einschränken und sie auf ihre Aufgaben fokussieren. Das kann sie völlig von der Umwelt abschneiden, und daher sind imperiale Droiden reine Maschinen, die selten etwas wie eine Persönlichkeit entwickeln.

Nachdem Prinzessin Leia sich weigerte, den Standort der Rebellenbasis preiszugeben, holte Darth Vader einen Folterdroiden. Leia hatte von solchen Praktiken gehört, aber gehofft, daß sie nicht wahr sind. Trotz der Anstrengungen der Maschine blieb Leia widerstandsfähig, obwohl sie dem Tode nahe war.

Mausdroiden

MSE (oder »Maus«) werden oft zur Nachrichtenübermittlung verwendet, aber sie leiten auch in großen imperialen Schiffen und Kampfstationen Truppen zu ihren Posten. Da sie die Baupläne ihrer Arbeitsbereiche mitführen, sind sie darauf programmiert, bei Gefangennahme ihre Prozessoren zu schmelzen. Dies verleiht ihnen eine seltsame Kombination von Paranoia und Wichtigtuerei.

R4-19

Bei der Überwachung der Korridore auf dem Todesstern gehen Computerwartungs- und Reparatureinheiten nur den Aufgaben und Geräten nach, die ihnen zugewiesen worden sind. Ihre Wahrnehmung ist aus Sicherheitsgründen auf ihre Arbeit begrenzt.

Befragungsdroide

Die Befragungsdroiden, die in der Alten Republik illegal waren, gehören zu den technologischen Schrecken hinter den Vorhängen der imperialen Geheimhaltung. Gnadenlos findet diese Alptraummaschine mit Fleischpolypen, Gelenklähmern, Knochenfragmentierern, Nerven-Elektroschocks und anderen unsagbaren Geräten jede physische oder psychische Schwäche. Er injiziert auch Drogen, um den Schmerz zu verstärken und geistigen Widerstand zu brechen und zwingt die Opfer stets, während der Folter bei Bewußtsein zu bleiben.

Suchdroiden (Probot)

Die intelligenten Suchdroiden werden in Hyperantriebskapseln zu ihren Zielplaneten befördert, wo sie zum Beispiel nach Beweisen für eine Präsenz der Rebellen suchen. Sie schweben auf Repulsorlifts über den Boden und bewegen sich lautlos durch Schubaggregate fort. Probots sind mit einer Myriade von Sensoren und investigativen Befehlsmustern ausgestattet. Sie sind darauf programmiert, die Geheimnisse eines Ortes auszukundschaften, und übermitteln ihre Entdeckungen über Hochfrequenz-HoloNet-Sender zu oft weit entfernten Sternenzerstörern.

Der imperiale Mark IV-Patrouilledroid IM4-099 schwebt auf der Suche nach kriminellen Aktivitäten durch Mos Eisley. Er ist nicht mit Waffen ausgerüstet, besitzt aber eine Alarmsirene und setzt im Ernstfall Verstärkungsbitten ab.

DATEI ABLAGE

- ◆ Viele imperiale Wartungsdroiden sind mit geheimen Spionagegeräten ausgerüstet, die es menschlichen Aufsehern gestatten, unbemerkt und jederzeit das militärische Personal und dessen Gehorsam zu überwachen.

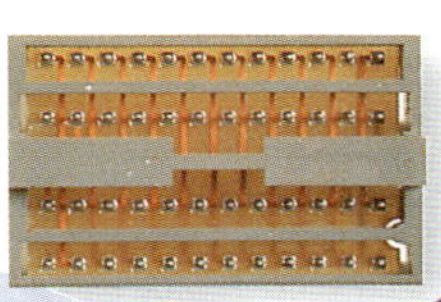

PROBOT SENSORENANZEIGE

Ein Probot, vom Sternenzerstörer *Avenger* entsandt, entdeckt die Rebellenbasis auf Hoth und sendet das Bild der Energiegeneratoren zu Darth Vader.

Energiegeneratoren der Rebellen

VISUELLE DARSTELLUNG

ULTRAVIOLETTER SCAN

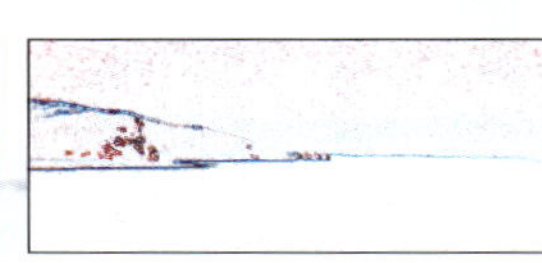

MAGNETISCHER STRAHLUNGSSCAN

Jabba the Hutt

Jabbas Palast ist mit vielen Sicherheitseinrichtungen ausgestattet, wie den semi-intelligenten Torwächterdroiden, die an einigen Eingängen eingebaut sind.

IM ZENTRUM eines weitverzweigten Verbrechensimperiums steht der abschreckende Verbrecherlord Jabba the Hutt. Mit Hilfe seines verschlagenen Verstands hat Jabba sein Syndikat durch eine lange Reihe von Geschäften, Drohungen, Erpressungen, Mord und schlauen Abmachungen ausgebaut. Im Gegensatz zu seinen Gegnern ist Jabba hochintelligent und übersieht nur selten Einzelheiten oder Gefahren. In seiner Jugend galt Jabba als besonders wagemutig, doch dann zog er sich zu einem Leben der Ausschweifungen in seinen Palast auf Tatooine zurück. Jabba mag gewalttätige Unterhaltung beinahe so sehr, wie er den Profit liebt, und veranstaltet regelmäßig Gladiatorenspiele und kreative Hinrichtungen.

JABBAS TATTOO AUS YOROWURZEL-PIGMENT

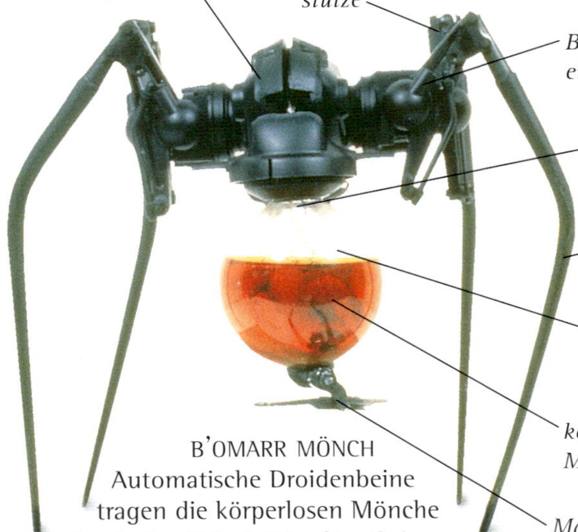

B'OMARR MÖNCH
Automatische Droidenbeine tragen die körperlosen Mönche durch den Palast. Die alten Spinnendroiden haben vier Beine, neuere Modelle besitzen sechs.

Jabbas Wüstenpalast war ursprünglich ein Kloster, das von den geheimnisvollen B'omarr Mönchen errichtet wurde. Über die Jahre übernahmen Banditen Teile der Zitadelle und fügten neue Bauten hinzu, während die Mönche in den unteren Bereichen ihren geheimen Praktiken nachgingen. Jabbas Hauptquartier beheimatet eine Vielfalt von Gangstern, Mördern, Reisenden, korrupten Beamten, Entertainern und Dienern.

Oola

Oola wurde von Jabbas Majordomo Bib Fortuna aus einem primitiven Klan geraubt und von anderen Twi'lek-Mädchen im Tanz der Verführung unterrichtet. Obwohl Jabba sie sehr begehrenswert findet, weigert sich Oola, sich ihm hinzugeben.

DATEI ABLAGE

◆ Jabba unterhält einen großen Landsitz in Mos Eisley, wo er übernachtet, wenn er am Raumhafen Geschäfte zu erledigen hat. Wo immer er ist, genießt er es, neun Mahlzeiten pro Tag zu sich zu nehmen.

◆ Auch wenn es nur wenige vermuten: Die Buboicullar genannte Kreatur (rechts) ist tatsächlich intelligent – er aß einmal die Sprengkapsel einer Bombe und vereitelte so einen Anschlag auf Jabba.

Jabba the Hutt

Jabba Desiliji Tiure (die meisten kennen ihn als Jabba the Hutt) stammt vom Planeten Nal Hutta, wo er dazu erzogen wurde (von seinem Vater, auch ein Verbrecherboß), nach Macht und Reichtum zu streben. Hutts sind berüchtigt für ihre Rücksichtslosigkeit und unmoralische Art, und sie benutzen oft ihre körperliche Stärke, um schwächere Arten zu kontrollieren. Hutts beherrschen die meisten Verbrechersyndikate in der Galaxie.

Von Beobachtern auf Sandskiffs begleitet, bringt Jabbas Segelgleiter *Khetanna* den Hutt nach Mos Eisley oder zu Hinrichtungsplätzen und Gladiatorenspielen, die zum Vergnügen des Unterweltsboß abgehalten werden.

Jabbas Palast ist gefüllt mit bizarren Kreaturen, wie seinem persönlichem Waffenmeister, dem Baragwiner Hermi Odle. Der frühere Waffenschmuggler Ephant Mon ist Jabbas einziger wirklicher Freund: Der Hutt rettete ihm einst das Leben.

Salacious Crumb

Als Jabba diese kowakische Affenechse fand, wollte er sie eigentlich essen, amüsierte sich dann aber über die Mätzchen der Kreatur. Seitdem hat Salacious die Rolle von Jabbas Hofnarren.

Jabbas Gefolge

UM JABBA VERSAMMELN SICH eine Vielfalt von Individuen – Kriecher, Mitverschwörer, Söldner und gänzlich unheimliche Wesen. Das mächtigste Syndikat des Lords bietet vielen Verbrechern Unterschlupf, genauso wie Jabbas Macht und Reichtum viele Feinde auf den Plan rufen. Der Hutt betrachtet die unvermeidlichen Intrigen als Belustigung und spielt die Verschwörer gegeneinander aus, bevor er ihre Vernichtung befiehlt. Inmitten dieser Spielchen um Macht und Ambitionen erledigen viele einfach ihre Aufgaben und ignorieren das Netz der Intrigen, das sie umgibt. Jeder im Gefolge hat seine eigene Geschichte, und seltsame Wege haben jeden von ihnen zum Wüstenpalast geführt.

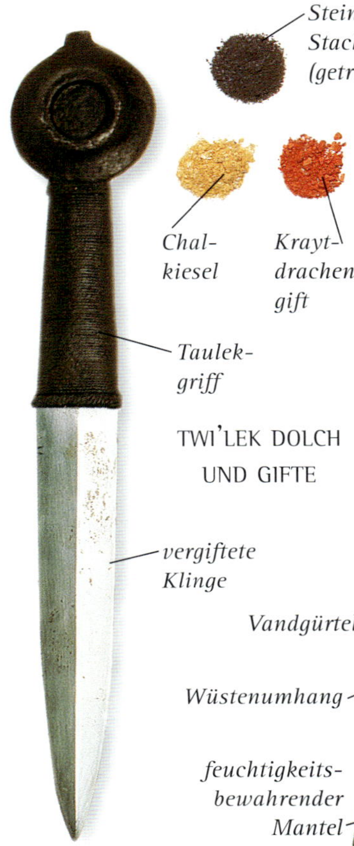

TWI'LEK DOLCH UND GIFTE

Bib Fortuna

Jabbas Twi'lek-Majordomo überwacht die Abläufe im Wüstenpalast und im Mos Eisley Landsitz. Bevor er für Jabba the Hutt arbeitete, wurde Bib Fortuna als Sklavenhändler seines eigenen Volkes sehr reich und so ein gejagter Krimineller und Gewürzschmuggler. Als Jabbas Hauptassistent plant er hinter einer Fassade von untadeligen Manieren seinen Chef zu ermorden. Fortunas Position in der Organisation und seine Tendenz, mit Freunden und Gegnern hinterhältig zu verfahren, machen ihn zu einem mächtigen und gefürchteten, wenn auch feigen Individuum.

Tessek, ein schlauer Quarren von Mon Calamari, betrachtet die Welt von Jabbas Palast mit berechnendem Verstand. Als Jabbas Buchhalter leitet er Geld in einem Geheimfonds und plant (wie viele andere) Jabba ermorden zu lassen und seine Organisation zu übernehmen.

Jabba schätzt Bib Fortuna, aber nicht so sehr wie seinen besten Majordomo Seran Domna, der vor Jahrzehnten bei einem Anschlag auf Jabba getötet wurde.

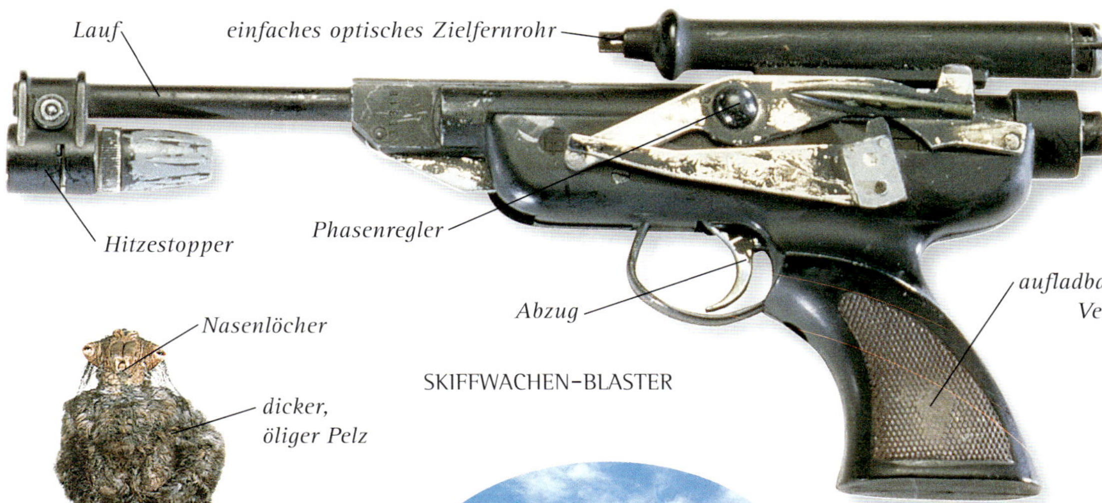

SKIFFWACHEN-BLASTER

Die meisten Eloms sind auf der Seite der Rebellion, aber dieser Opportunist führt Morde für Jabba aus und hat im Palast nur wenig Kontakt zu den anderen.

Jabbas Skiffwachen dienen als Begleitung und Späher und sind auf dem Skiff der Sonne, Wind und feindlichem Feuer ausgesetzt. Neue Angestellte haben zuerst Skiff-Dienst.

DATEI ABLAGE

◆ Jabba weiß, daß Tessek gegen ihn intrigiert, da sein Plan von einem B'omarr-Mönch verraten wurde, mit dem sich Jabba oft heimlich unterhält.

◆ Bib Fortuna und sein Assistent haben Jabba sein Rancor-Monster verschafft, das in einem abgestürzten Schiff in der Wüste Tatooines entdeckt wurde.

◆ Jabba mag keine Menschen und es gibt nur wenige, die lange ein Teil seiner Palastgefolgschaft waren. Willkommener sind da Typen wie die rodianischen Jäger, die manchmal etwas irren Snivvianer (rechts) oder die grimmigen Weequay-Schläger.

J'Quille ist ein brutaler Whiphid vom kalten Planeten Toola und arbeitet als Kopfgeldjäger für Jabba – eigentlich ist er aber ein Spion für einen rivalisierenden Verbrecherboß, und plant Jabba mit einem langsam wirkenden Gift zu töten.

Gamorreanische Wache

Die gamorreanischen Wachen stehen im ganzen Palast auf Posten. Die zu Gewalt neigenden dümmlichen Kreaturen sind sehr loyal. Die geringe Intelligenz der männlichen Gamorreaner gereicht ihren Arbeitgebern zum Vorteil, da sie nicht bestochen oder zum Verrat angestiftet werden können. Sie ziehen Nahkampfwaffen einem Blaster vor.

Jabbas Entertainer

Yarna d'al Gargan war jahrelang Tänzerin im Palast. Sie ist Tochter eines Askaji-Stammesfürsten und wurde von Sklavenhändlern nach Tatooine gebracht und von Jabba gekauft. Auch wenn sie Jabba noch immer nicht mag, ist sie doch mit einigen Palastbewohnern befreundet.

JABBA VERBRINGT INZWISCHEN einen großen Teil seiner Zeit in seinem Palast, wo ihn eingeflogene Entertainer bei Laune halten. Sein Reichtum und seine Verschwendungssucht könnten echtes Talent anziehen, aber der Ruf des Palasts als Gefahren- und Unheilszone verscheucht alle Künstler bis auf die ganz verzweifelten. Die Bands, die im Palast spielen, sind entweder hoch verschuldet, schwer gewürzabhängig oder der singende Bodensatz der Galaktischen Gesellschaft. Einige von ihnen geraten versehentlich in Jabbas Nähe, und jene, die den Palast intakt verlassen, feuern oder fressen fast immer ihre Agenten. Jabbas Launen halten den ungewöhnlichen Fluß an Tänzern und Musikern auf Trab … auf die eine Art oder die andere.

Diese Sänger waren entsetzt über die Zustände in Jabbas Palast. Sie setzten bei jedem Auftritt eine freudige Miene auf, suchten aber verzweifelt nach einem Weg, wie sie mit dem Leben davonkommen.

Jabbas Trommelmeister Ak-Rev wuchs in einem sriluurianischen Kloster auf, wo er lernte, die Donnertrommeln des Gottes Am-Shak zu schlagen. Sein Assistent ist der klatonianische Umpass Stay, der aber eigentlich ein Leibwächter Jabbas ist.

Der rodianische Doda Bodonawieedo wurde einer von Jabbas Lieblingsbarden unter den Palastwachen; von Zeit zu Zeit spielt er mit der Palast-Band. Barquin D'an ist ein Bruder von Bith Figrin D'an von den Modal Nodes.

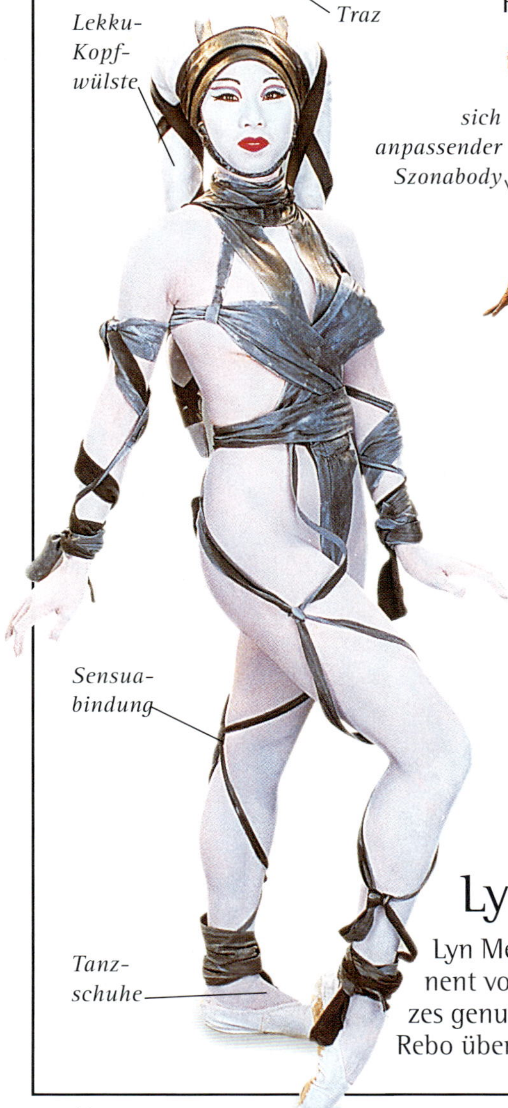

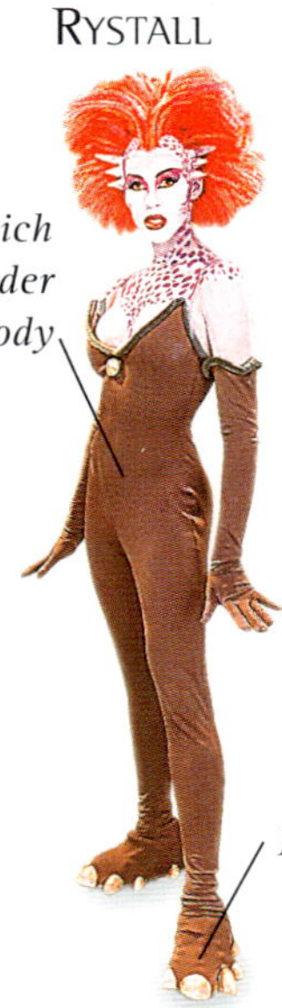

BONTORMIANISCHES KLESPLONG

Wenn er einen bestimmten Klang mag, behält Jabba die Instrumente einiger Bands, die … sie nicht mehr brauchen können. Diese exotischen Instrumente bleiben im Palast, und Jabba befiehlt manchmal neuen Bands die Instrumente einzusetzen, auch wenn sie sie nicht spielen können.

Die Körperform der Hutts macht sie unfähig zu tanzen, aber Jabba schätzt die sinnlichen und rhythmischen Bewegungen von Nicht-Hutt Tänzern. Ein guter Tänzer kann die Gunst von Jabba gewinnen, und jene, die auch gut in der Kunst der Manipulation sind, können in seinem Gefolge Reichtum finden.

Lyn Me

Lyn Me, eine Twi'lek von dem öden nördlichen Kontinent von Ryloth, hat die Kunst des verführerischen Tanzes genutzt, um von ihrem Planeten zu entkommen. Max Rebo überredete sie, mit zu Jabbas Palast zu kommen.

DATEI ABLAGE

- Es ist eine größere Zahl von Bands im Palast angekommen als ihn verlassen haben, denn wenn Jabba wirklich enttäuscht ist, verfüttert er die Musiker an den Rancor.
- Auf seiner Heimatwelt kennt man Max Rebo als Rapotwanalantonee. Seine Shawda Ubb ist eine Kombination aus Flöte und Wasserorgel.

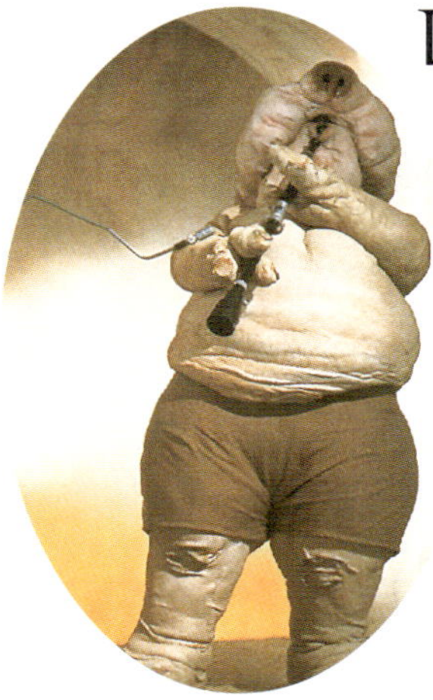

Droopy McCool

Er nimmt kaum wahr, was um ihn herum passiert, denn dieser Kitonak kennt nicht einmal seinen von Max Rebo verliehenen Bühnennamen. Der Quasi-Mystiker spielt selten im Takt der Band, aber das macht ihm nichts, denn er spielt sowieso nur seine eigenen Melodien. Da er sich oft nach seinesgleichen sehnt, behauptet er einfach, irgendwo in den Dünen Tatooines die Töne eines Kitonaks gehört zu haben.

Sy Snootles

Jabbas enthusiastische Begeisterung hat die egozentrische Sängerin Sy Snootles dazu gebracht, ihr eigenes Potential weit zu überschätzen. Als Sängerin ist sie zu seltsam, um je populäre Musik zu machen, aber sie wird dies wohl nie bemerken, da es Jabbas Lieblingssängerinnen sehr schwer finden, den Palast zu verlassen.

Max Rebo

Der blaue Ortolaner, der in der Szene Max Rebo genannt wird, ist ein halbverrückter Keyboardspieler, der völlig vom Essen besessen ist. Er hat von Jabba einen Vertrag akzeptiert, der ihn – zum Zorn seiner Bandmitglieder – nur in Nahrungsmitteln bezahlt. Er ist vielleicht kein guter Geschäftsmann, aber er gibt sich völlig seiner Musik hin und ist an seinem Instrument gar nicht schlecht.

RED BALL-JETORGEL

Boba Fett

DER MYSTERIÖSE KOPFGELDJÄGER mit eigenem Ehrenkodex trägt einen umgerüsteten mandalorianischen Kampfanzug aus alten Tagen – vernarbt, verschrammt und doch noch tödlich. Versteckt hinter seinem Helm bleibt seine Herkunft geheimnisvoll. Fett nimmt nur bestimmte Aufträge an, und diese führt er mit fanatischem Willen aus. Seine kühle und berechnende Art haben ihn – in Verbindung mit seinen versteckten Geräten – oft unmögliche Aufträge erledigen lassen und brachten ihm den Ruf ein, der beste Kopfgeldjäger der Galaxis zu sein. Wegen der verdeckten Waffen, die seinen Anzug übersäen, und der unauffälligen Bewaffnung seines Raumschiffs Slave I, ist Boba Fett der schlimmste Alptraum eines jeden, auf dessen Kopf ein Preis ausgesetzt ist.

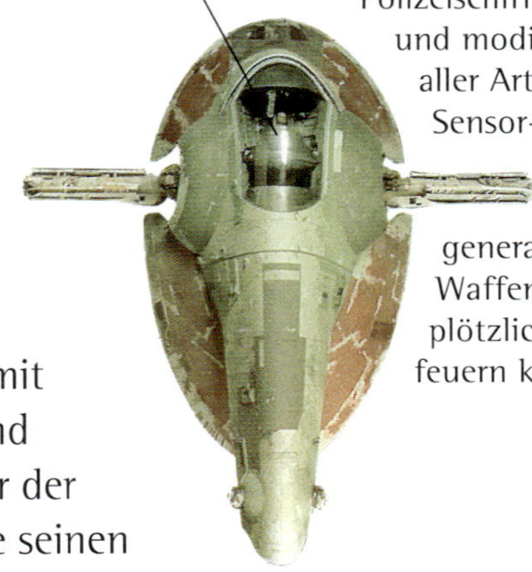

Boba Fetts bemerkenswertes Raumschiff ist ein veraltetes, aber stark umgerüstetes Polizeischiff, vollgestopft mit Waffen und modifizierter Spürausrüstung aller Art, sowie einem gestohlenen Sensor-Tarnsystem, um ihn vor denen zu verbergen, die er jagt. Die vier Energiegeneratoren werden für die vielen Waffensysteme benötigt, die plötzlich aus verborgenen Klappen feuern können.

Boba Fett hat schon ein paar mal für Darth Vader gearbeitet, oft genug, um Vaders rechte Hand genannt zu werden. Vader findet Fett intelligent, rücksichtslos und ein geeignetes Werkzeug, um die Rebellen und Luke Skywalker aufzuspüren.

Raketenrucksack

Fetts Tornister ist eine ausgezeichnete Kombination von Raketenantrieb und Raketenwerfer. Der Werfer kann mit einer Rakete oder einem Greifhaken (mit Seil und Winde) bestückt werden. Das Sprungsystem gibt Raketenstöße für kurze Flüge von sich und kann manche Beute von Boba schwer überraschen.

IONENPEILSENDER

FALSCHES AUGE (HINTEN)

BERÜHRUNGSPOLSTER

Boba Fett nutzt diese Geräte, um seine Opfer aufzuspüren und Zugang zu Hochsicherheitsbereichen zu erlangen. Ein Berührungspolster wird über ein Berührungsschloß geklammert und simuliert das bioelektrische Feld und die Fingerabdrücke von beinahe jedem Individuum. Ein falscher Augenaufsatz kann retinale Augenscans auf dieselbe Art vortäuschen. Der Ionenpeilsender nützt heimlich das galaktische HoloNet, um Raumschiffe durch die Galaxie zu verfolgen.

DATEI ABLAGE

- ♦ Fett ist dafür berüchtigt, seine Opfer völlig zu desintegrieren.
- ♦ Als Spion für Darth Vader begegnete Fett Luke Skywalker zum ersten Mal auf einem Mond im Pannasystem, wo er Luke beinahe dazu brachte, den Standort der Rebellenbasis preiszugeben.
- ♦ Fetts Dienste sind sehr teuer, aber seine Ehre ist nicht käuflich. Er akzeptiert nur Missionen, die seinem eigenwilligen Sinn für Gerechtigkeit entsprechen.

Nicht einmal der corellianische Schmuggler Han Solo konnte dem entschlossenen Boba Fett entrinnen. Er war klüger als seine Rivalen und verfolgte Solo nach Bespin, wo er ihn in Gewahrsam nahm und Solos in Karbonit gefrorenen Körper in den Lagerraum seiner Slave I lud.

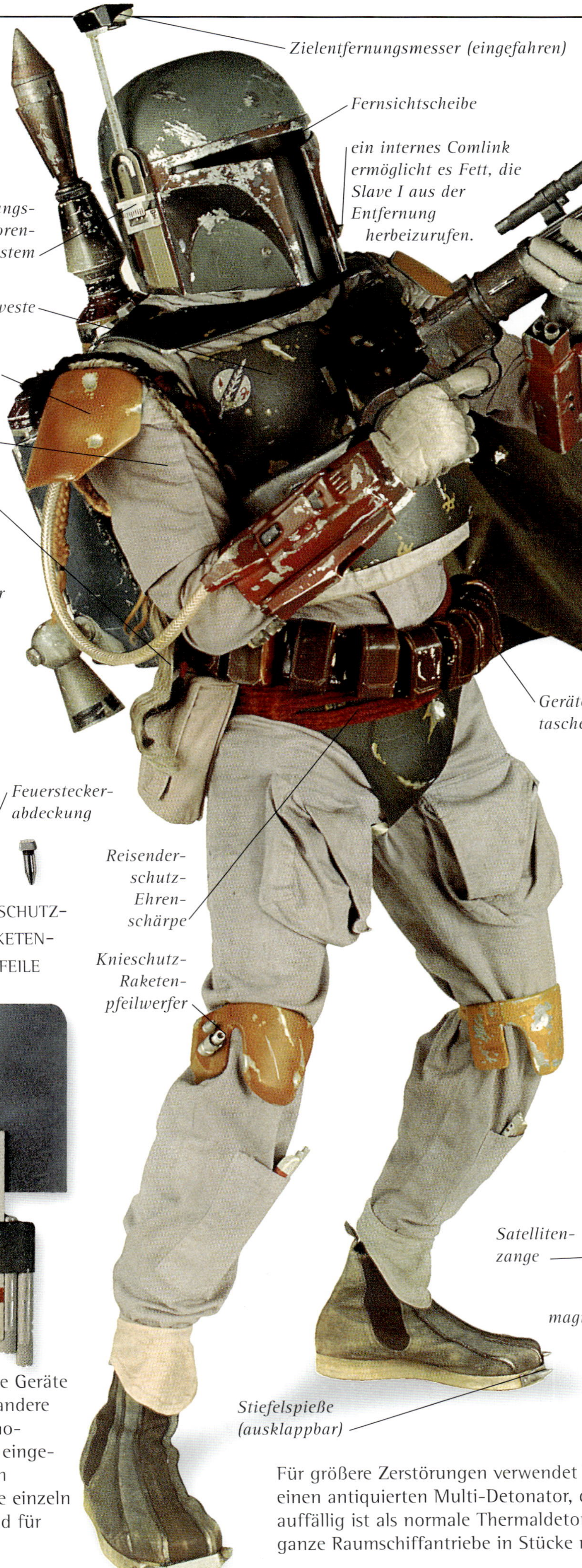

ÜBERLEBENSMESSER

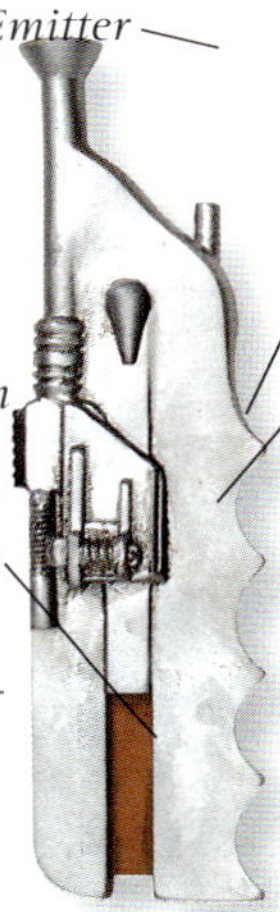

SONISCHE STRAHLENWAFFE

KNIESCHUTZ-RAKETENPFEILE

ANTI-SICHERHEITSKLINGEN
Aufbewahrt in Fetts Schienbeintaschen. Diese Geräte können Zäune und Sicherheitskameras und andere Alarmsysteme durch den Gebrauch von harmonischen Störungswellen ausschalten. Stärker eingestellt können sie magnetische Schlösser lösen und fast jede Tür öffnen. Boba Fett nutzt sie einzeln oder zusammen, um ein Anti-Sicherheits-Feld für geheime Einbrüche zu schaffen.

Boba Fett hat schon vorher für den Verbrecherboß gearbeitet und akzeptierte den neuen Auftrag von Jabba the Hutt für das Kopfgeld von Han Solo und einen Bonus. Einige verdächtigen Fett, daß er nur in Jabbas Palast blieb, um seine gefrorene Trophäe an der Wand des Thronsaals zu bewundern. Aber niemand wird das je genau erfahren.

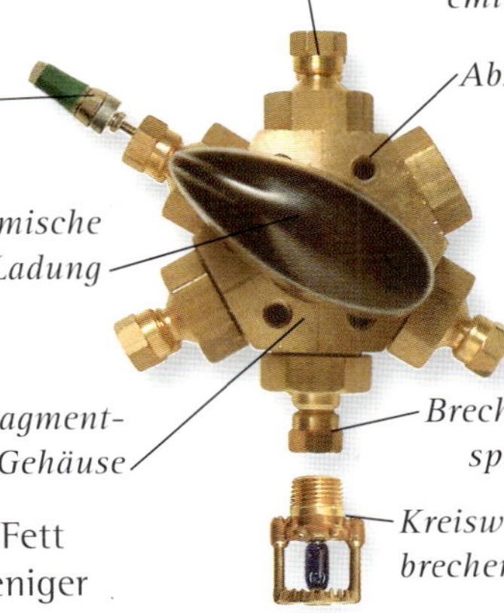

MULTI-DETONATOR

Für größere Zerstörungen verwendet Boba Fett einen antiquierten Multi-Detonator, der weniger auffällig ist als normale Thermaldetonatoren und ganze Raumschiffantriebe in Stücke reißen kann.

Kopfgeldjäger

DIE RESTRIKTIVE HERRSCHAFT des Imperiums hat aus vielen Kriminelle und Schwarzmarkt-Schmuggler gemacht, und lange schwarze Listen geächteter Bürger hervorgebracht. Imperiale Belohnungen für die Ergreifung solcher Staatsfeinde haben aus der Kopfgeldjagd ein blühendes Geschäft gemacht. Oft widersetzen sich Kriminelle, und viele Kopfgeldjäger reagieren auf Sanktion des Imperiums mit Brutalität und Mord. Einige wenige arbeiten mit der legitimen Absicht, Kriminelle zu fangen, aber im Großen und Ganzen ist das Geschäft eine dreckige Angelegenheit.

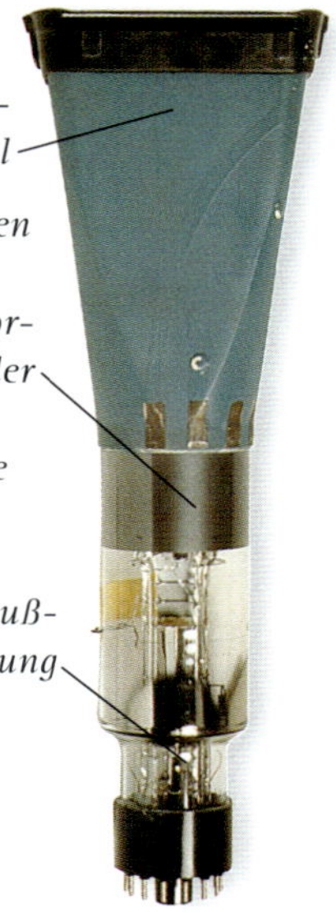

IG-88S TRION-GASWAFFE

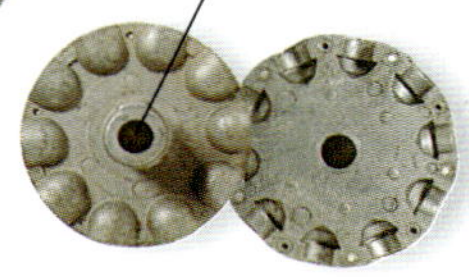

IG-88S ERSCHÜTTERUNGS-SCHEIBEN

IG-88S KLINGENSET

Ein IG-88-Droide verfolgte die Slave I nach Cloud City, um dort Boba Fett zu töten. Fett legte im Müllverwertungsbereich einen Hinterhalt. Er betäubte den Droiden mit einer Ionenkanone und erledigte ihn dann. Die Reste ließ er zur Wiederverwertung zurück.

IG-88

Der häßliche Attentatsdroid ist Teil einer Serie von fünf identischen Robotern, die sofort nach ihrer Aktivierung ihre Konstrukteure töteten und aus den Labors entkamen, um seitdem durch die Galaxie zu streifen. IG-88s unvollständige Persönlichkeit macht ihn zu einem besessenen Jäger und Mörder. Attentatsdroiden sind immer schwer zu kontrollieren und sind aus gutem Grund schon lange illegal, da sie eine Bedrohung für jeden darstellen.

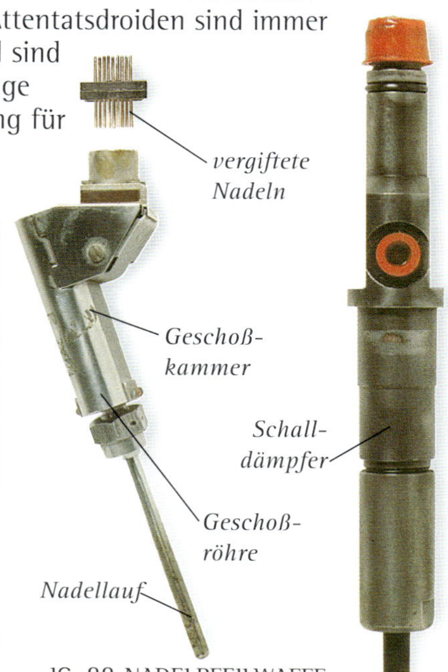

IG-88 NADELPFEILWAFFE

Dengar

Dengar wurde als imperialer Attentäter ausgebildet und unterzog sich einer Gehirnoperation, die seinen Hypothalamus durch Schaltkreise ersetzte und ihn zu einem gefühllosen Mörder machte. Als unabhängiger Kopfgeldjäger hat er inzwischen 23 Kopfgelder kassiert und außerdem einen persönlichen Groll gegen Han Solo wegen der schweren Kopfverletzungen, die er sich durch ihn in einem Rennen durch die Kristallsümpfe von Agrilat zuzog.

DATEI ABLAGE

♦ IG-88-Droiden haben Boba Fett mehrmals angegriffen und seine Slave I schwer beschädigt, aber sie konnten ihn nie fassen. Fett hat inzwischen drei der Attentatsdroiden zerstört.

♦ Rodianer wie Greedo stammen aus einer Kultur, die Kopfgeldjagd als Sport betrachtet; dennoch fand Greedo in Han Solo seinen Meister.

4-Lom

Der gebildete Protokolldroide, der sehr der Rasse ähnelte, für die er arbeitete, verlor Teile seiner Programmierung und wurde ein Krimineller, der sich auf die Vorausschau von Bewegungen lebender Ziele spezialisierte. Für seinen mysteriösen Partner Zuckuss liefert 4-Lom so wertvolle Informationen und Analysen.

Zuckuss

Der Kopfgeldjäger Zuckuss benutzt das mystische Religionsritual der Sucher, eine Tradition, die auf seiner nebelreichen Heimatwelt Grand seit vielen Jahrhunderten gepflegt wird. Seine verschlagenen Fähigkeiten machen andere Kopfgeldjäger nervös. Zuckuss ist ein rastloser Verfolger und auf seltsame Art effektiv.

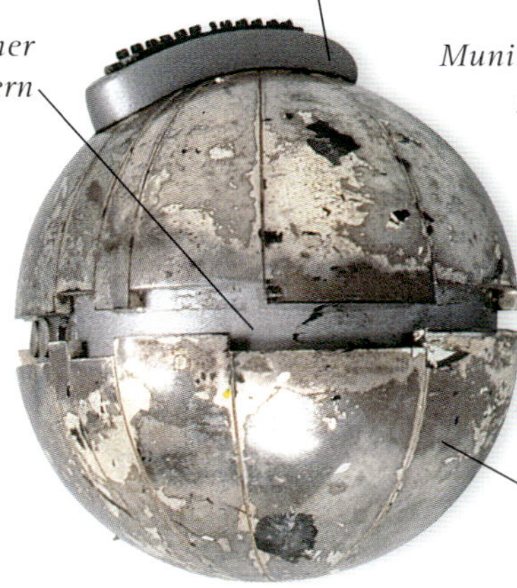

BOUSHHS THERMALDETONATOR

BOUSHHS LANZE UND BETÄUBUNGSGERÄTE

Bossk

Der harte und unnachgiebige Bossk, ein reptilienartiger Trandoshaner, hat von der Suche nach entflohenen Landebahn-Sklaven bis zu vom Imperium ausgeschriebenen Kopfgeldern alles gemacht und bisher 12 Kopfgelder eingefahren. Trandoshaner können verlorene Haut, Finger und sogar Gliedmaßen regenerieren, bis sie, wie Bossk, das Erwachsenenalter erreichen. Er liebt es, seine Beute (wenn möglich) zu häuten und ist so bösartig und gemein, wie Kopfgeldjäger nur sein können.

Boushh

In einer Galaxie mit so vielen bizarren Kreaturen, die als Kopfgeldjäger arbeiten (oder es behaupten), war es für Prinzessin Leia leicht die Identität eines ubesischen Verfolgers anzunehmen, indem sie sich hinter Helm und Tracht eines toten Jägers versteckte. Leias militärische Ausbildung zahlte sich als Boushh aus, und nur Jabba verdächtigte sie, jemand anderer zu sein.

Jabba the Hutts Palast zieht oft Kopfgeldjäger an, da der Hutt regelmäßig Kopfgelder ausschreibt.

Sandleute

TUSKEN RAIDERS

SIE SIND DIE WILDEN NOMADEN auf Tatooine: Die Sandleute, auch Tusken Raider genannt, durchstreifen Gegenden wie das Dünenmeer und die Junglandwüste und werden dabei eins mit der Landschaft. Sie sind die Herren der Wüste, überleben wo es sonst niemand kann, vor den Sonnen durch ihre schwere Kleidung geschützt. Ihre wilde und gewalttätige Art bringt sie immer wieder in Konflikt mit den Feuchtigkeitsfarmern und Siedlern der abgelegenen Ländereien. Sandleute halten sich normalerweise von Städten fern, aber in der heißesten Zeit des Jahres tauchen sie aus den Wüsten auf, nachdem die Zwillingssonnen untergegangen sind, um in den Randbezirken stehlen zu gehen. Man sollte nachts gut abschließen – Sandleute betreten keine Häuser, aber ein einzelner Gegner wird schon mal vor dem Haus erschlagen.

Banthas

Banthas durchstreifen in Herden die Dünen und Einöden Tatooines. Sandleute benutzen diese riesigen Tiere, um sich und ihre Ausrüstung zu transportieren. Oft gibt es eine enge Verbundenheit zwischen ihnen, und manchmal werden sie sogar zu Klanmitgliedern. Sandleute reiten stets hintereinander.

ADERLASSKLINGE
Tusken Raider-Clanrituale können das Opfern von Tieren, Gefangenen oder sogar verurteilten Sandleuten beinhalten.

Seltene Wasserquellen in Tälern wie bei Gafsa sind den Tusken Raiders heilig. Schon das unberechtigte Betreten kann Gewalt hervorrufen. Eindringlinge werden lebend gefaßt und später geopfert.

DATEI ABLAGE

♦ Tusken Raiders schlachten Metallwracks aus, um daraus ihre traditionelle Terrorwaffe zu bauen, den Gaderffi- (oder Gaffi-)Stab.

♦ Obwohl Sandleute Nomaden sind, haben Klans oft eine Höhle oder Erdloch, wo sie ihre Zeremonien abhalten und ihre Toten begraben.

Jawas

DIE IN DUNKLE ROBEN vermummten Jawas sind immer auf der Suche nach Schrottmetall, verlorenen Droiden und Ausrüstungsteilen der vielen abgestürzten Raumschiffe, die die Wüstenlandschaft Tatooines übersäen. Mit ihren glühenden Augen können sie in den schwarzen Spalten sehen, in denen sie sich oft verstecken. Ihre nagetierartigen Gesichter sind bemerkenswert häßlich. Es gibt einige wenige Jawasiedlungen, aber die meiste Zeit verbringen sie damit, die Dünen und staubigen Felsen in riesigen Sandcrawlern zu durchstreifen, antiken Fahrzeugen aus einer längst vergangenen Bergbauzeit. Jawas können mit dem Müll, den sie reparieren, richtige Schnäppchen anbieten, aber sie sind berüchtigt dafür, ihre Käufer hereinzulegen.

Droiden, die sich verlaufen oder als Müll weggeworfen werden, sind die Lieblingsbeute der Jawas. Jawas tragen immer Widerstandsbolzen mit sich, die sie einem Droiden installieren, um auf ihn Besitz anzumelden. Eine magnetische Saugpumpe zieht gefundene Droiden in das Innere eines Sandcrawlers.

Verkratzt und zernarbt von zahllosen Sandstürmen und den gleißenden Sonnen: Sandcrawler beinhalten Droidengefängnisse, Mineralerz- und Metallschmelzöfen und geborgenen Müll jeder Art.

IONENEN-ERGIEZELLE

IONISIERUNGS-BLASTER

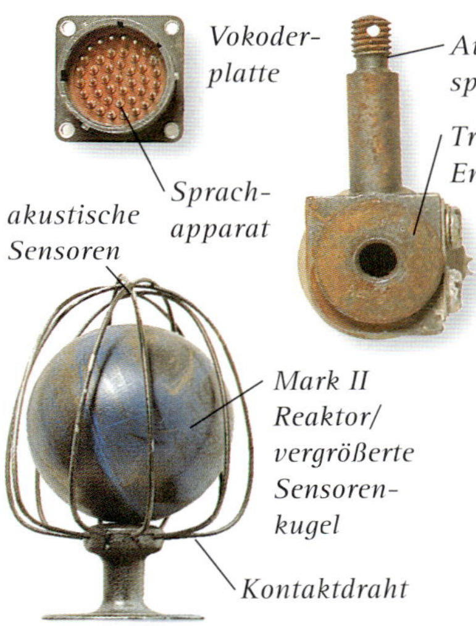

DROIDEN-TEILE
Die Wiederverwertungsfähigkeiten der Jawas sind legendär. Selbst wenn ein Droide zu beschädigt ist, um von den Jawas repariert zu werden, wird er für Einzelteile ausgeschlachtet (oben). Neue Besitzer, die einen von den Jawas gekauften Droiden öffnen, können darin Teile vorfinden, von denen die Hersteller nicht zu träumen wagten.

DROIDENRUF

DATEI ABLAGE

♦ Die Jawaklans kommen einmal im Jahr zu einem großen Marktfest zusammen, um Droiden, Ausrüstung und Geschichten auszutauschen.

♦ Wenn ein Jawa-Sandcrawler am Randbezirk einer Stadt auftaucht, um zu handeln, dann verstecken sich die Droiden, und die Leute geben auf ihre Speeder besonders acht. Dinge haben die Tendenz zu verschwinden, wenn Jawas in der Nähe sind.

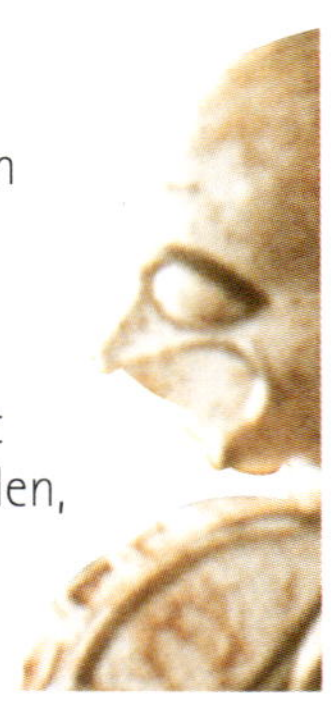

Ewoks

TIEF IN DEN urzeitlichen Wäldern des grünen Mondes von Endor leben die kleinen, pelzigen Ewoks in Harmonie mit der Natur. Sie bauen ihre Dörfer hoch in den ältesten Bäumen und verbinden sie mit Holz- und Hängebrücken. Ewoks jagen und sammeln tagsüber auf dem Waldboden und ziehen sich bei Nacht in ihre Hochdörfer zurück, wenn es auf dem Waldboden zu gefährlich wird.

CHURIVOGEL-RUFER

JAGD-MESSER

Wicket W. Warrick

Wicket ist ein junger Einzelgänger, der bei einem Rundgang im Wald auf Prinzessin Leia Organa trifft. Er bringt sie in die relative Sicherheit seines Dorfs, denn er vertraut ihr und spürt ihre guten Absichten. Als Leias Freunde ankommen, will Wicket verhindern, daß sie schlecht behandelt werden, aber er hat bei den Dorfältesten keinen großen Einfluß. Wickets genaue Kenntnis des Waldgeländes macht ihn zu einer großen Hilfe für die Rebellen bei ihrem späteren Angriff auf die imperialen Streitkräfte.

Teebo

Er ist ein Beobachter der Sterne und im Herzen ein Poet; Teebo hat außerdem eine mystische Verbindung mit den Mächten der Natur. Seine feinfühlige Wahrnehmung läßt ihn mehr als das Auge eines Träumers sehen, und er ist auch ein praktischer Denker. Sein gesunder Ewokverstand hat ihn zu einem Anführer seines Stammes gemacht.

KAMPFKEULEN

SCHAMANEN-AUSRÜSTUNG

Ein Ewokschamane benötigt eine Reihe von magischen Objekten und medizinischen Medikamenten für seine Arbeit. Ein Geisterstab hilft tote Vorfahren zu rufen, während die Kranken oder Verletzten mit dem mächtigen Heilungsstab berührt werden. Die Waldvegetation bietet viele medizinische Pflanzen, die in seiner Talismantasche aufbewahrt werden.

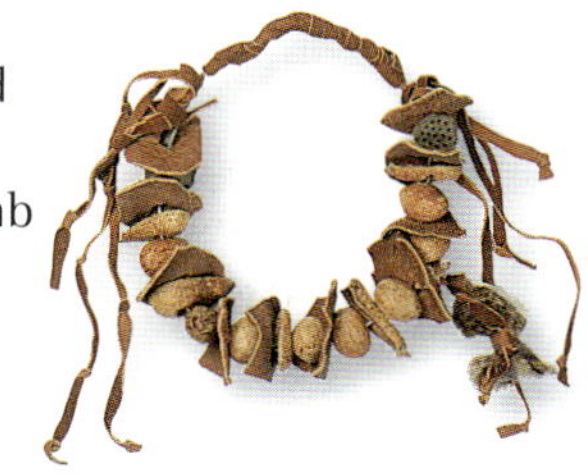

SCHAMANEN GEISTERRASSEL

Logray

Als Stammesschamane und Medizinmann nutzt Logray sein Wissen der Rituale und der Magie, um zu helfen und seine Leute in Staunen zu versetzen. Er liebt die alten Traditionen der Aufnahmerituale und des Opfers. Die Trophäen an seinem Zauberstab stammen zum Teil von alten Feinden. Logray steht allen Außenweltlern argwöhnisch gegenüber, besonders seit der Ankunft der imperialen Streitkräfte.

Chef Chirpa

Chef Chirpa hat seinen Stamm mit der Weisheit des Alters über 42 Jahreszeiten angeführt. Er ist ein verständnisvoller Anführer, auch wenn er im Alter etwas vergeßlich geworden ist. Seine Autorität half den Ewoks in ihrem gefährlichen Kampf gegen das Imperium.

DATEI ABLAGE

♦ Obwohl ihre Technologie sehr primitiv ist, legen die Ewoks ziemlichen Erfindungsreichtum zu Tage, wenn sie Segelgleiter und komplexe Fallen für die imperiale Besatzungsmacht bauen.

♦ Ewoks tragen oft die Zähne, Hörner und Schädel erlegter Tiere als Schmuck.

Das Cantina Volk

DER RAUMHAFEN von Mos Eisley beherbergt eine große Vielzahl ungewöhnlicher Menschen und Dinge und die Mos Eisley Cantina ist als die Zuflucht der seltsamsten Klientel der Stadt bekannt, hier kann man abgehärtete Raumfahrer und Außenweltler finden. Es ist kein Ort für Ängstliche, aber den Stammkunden bietet die Cantina eine pan-galaktische Atmosphäre, die ihnen hilft, sich von ihrem persönlichen Unglück und dem miesen Loch Mos Eisley abzulenken. Die Stammband kommt vielen Geschmäckern entgegen, und solange sich ein dummer Außenweltler nicht den Kopf wegblasen läßt, kann sich jeder auf seine Art amüsieren. Geschäfte werden abgeschlossen, man betrinkt sich, und manche unangenehme Situation verkehrt sich ins Gegenteil. Der Wirt hält Ordnung, indem er damit droht, die Drinks der Kreaturen zu vergiften, die ihm Schwierigkeiten bereiten.

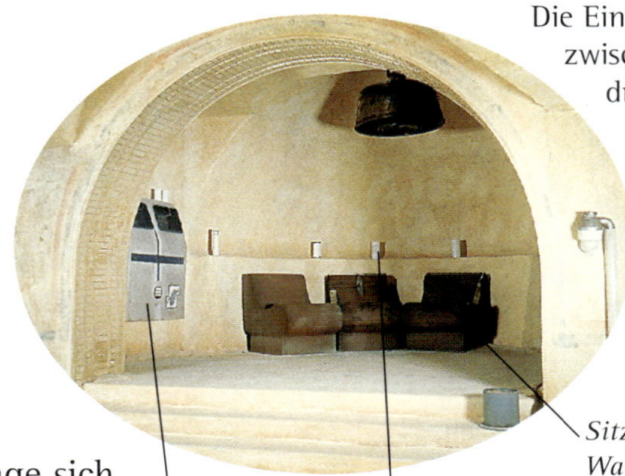

Die Eingangshalle schafft Ausgleich zwischen der unerträglichen Hitze draußen und der relativen Kühle in der Cantina. Sie gibt den Gästen außerdem Gelegenheit, einen Blick auf Neuankömmlinge zu werfen.

Hrchek Kal Fas ist ein harter saurinischer Droidenhändler, der sich klugerweise eine Leibwache in der Cantina hält.

Duros sind eine Spezies, die sich mit ihren natürlichen Steuer- und Navigationsfähigkeiten schon lange der Raumfahrt angepaßt hat. Diese zwei machen reguläre Raumflüge zu und von Mos Eisley.

Dieser Devaronianer benutzt den falschen Namen Labria und ist auf der Flucht vor einem der höchsten Kopfgelder in der Galaxis.

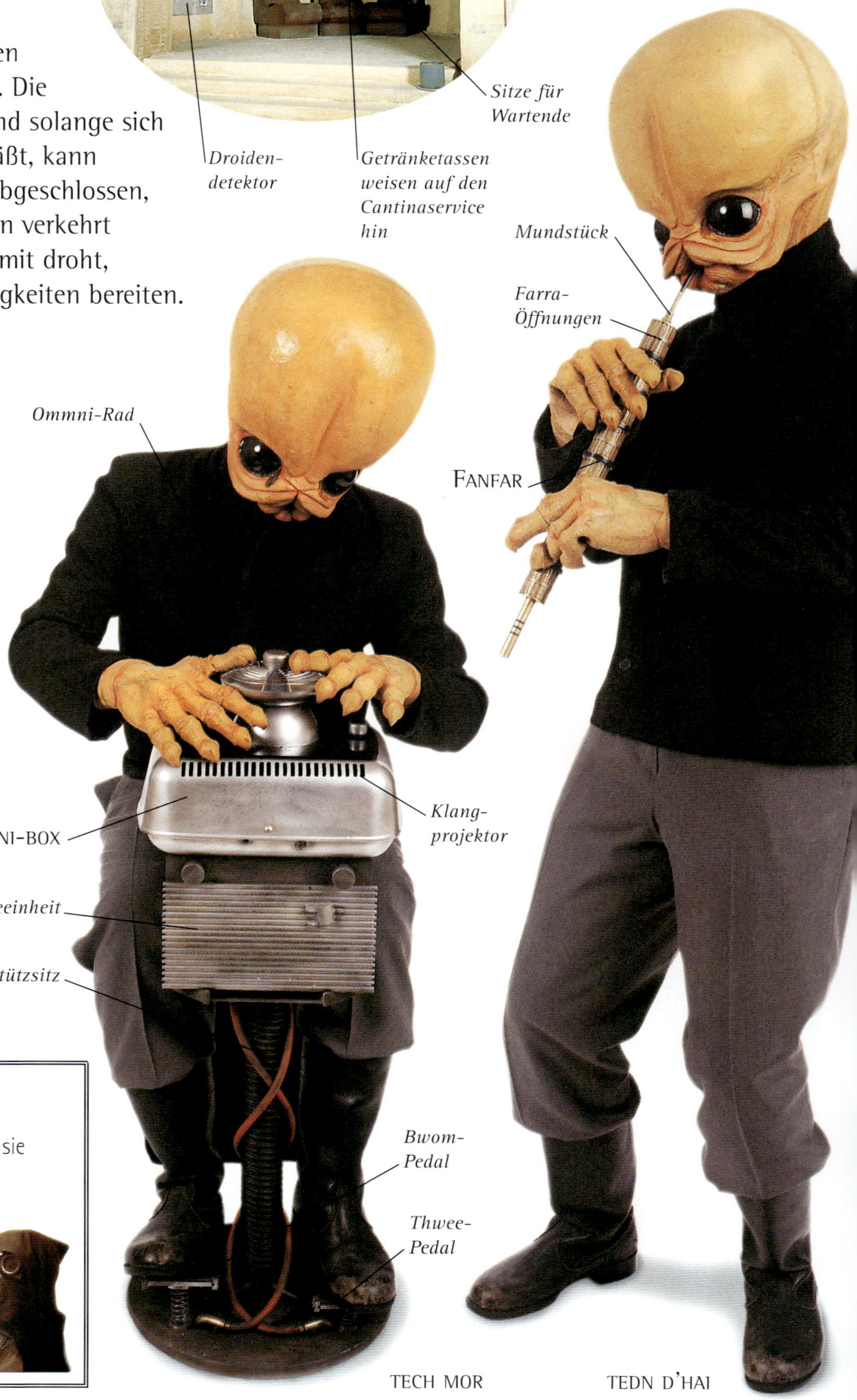

TECH MOR

TEDN D'HAI

DATEI ABLAGE

◆ Als Luke und Ben die Cantina verlassen, bemerken sie nicht, daß sie vom insektenfressenden Garindan entdeckt worden sind, einem gemeinen Informanten, der ein imperiales Comlink trägt.

◆ Körper oder abgetrennte Gliedmaßen aus Streitigkeiten in der Cantina scheinen nie da zu sein, wenn die Staatsmacht auftaucht … niemand weiß so recht, was mit ihnen passiert.

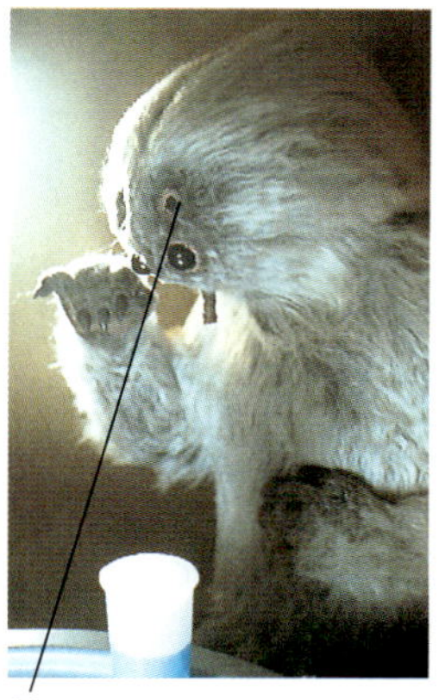

Die Talz leben unter Mos Eisley in verlassenen Tunneln. Dieser heißt Muftak und arbeitet als Taschendieb. Die Talz sind eine primitive Spezies, die wenig Werkzeuge benutzt und nur von Sklavenhändlern in den Raum mitgenommen werden.

Die zahlreichen legalen und illegalen Drinks der Cantina ziehen ungewöhnliche Besucher an. Lamproids und andere Spezies wird Blut mit fragwürdigen Zutaten serviert.

Figrin D'an und seine Band

Die Bith-Musiker der Cantina sind hochintelligente Kreaturen mit enormem musikalischen Talent. Ihre Band wird Modal Nodes genannt. Auch wenn sie sich oft beschweren, mögen die Bandmitglieder ihre Absteige irgendwie und sind froh, von ihrer Heimatwelt Clak'dor VII weggekommen zu sein. Ihr Anführer ist ein Profispieler, der zu leben versteht und seine gelegentlichen Schulden mit seinen Melodien bezahlt und währenddessen versucht, seine Mitglieder aus Schwierigkeiten rauszuhalten. Sie wurden zu einem Konzert in Jabbas Palast eingeladen – aber dafür sind sie zu schlau!

Die häßlichen Sandkreaturen in Tatooines tiefen Wüsten können über 100 Meter lang werden.

Kreaturen

EINE ZAHLLOSE VIELFALT von Lebensformen bevölkert die Galaxis, von denen viele nur ihren Entdeckern bekannt sind; Myriaden sind von der galaktischen Wissenschaft noch unklassifiziert. Wenn es spät geworden ist, tauschen Raumpiloten Geschichten über seltsame und schreckliche Kreaturen auf abgelegenen Planeten in den Weiten des Weltraums aus, und oft stellen sich diese Geschichten als wahr heraus: vom grausigen Geheule der Schneebiester von Hoth bis zu den heimtückischen Asteroidenwürmern, die auf nichtsahnende Raumschiffe warten. Der argwöhnische Reisende merkt oft als letzter, daß das Tentakel um seinen Fuß ihn einen furchtbaren Tod erleiden lassen wird – in einer Galaxie voll solcher Kreaturen zahlt es sich aus, vorsichtig zu sein.

Weltraumschnecke

Die auf Silikon basierenden Weltraumschnecken überleben im Vakuum, indem sie Mineralien in ihrem uraniumhaltigen Metabolismus verdauen. Kürzlich wurde eine Weltraumschnecke von einem imperialen Sternenzerstörer bei einer Verfolgung in einem Asteroidenfeld gesichtet; die Schnecke griff das Schiff an und verschlang einen Teil davon, bevor sie zurückgedrängt werden konnte.

Sanfte Rontos werden von häuslich gewordenen Jawas auf Tatooine als Packtiere verwendet und bringen Güter für den Handel in die Städte.

Dianoga

Diagonas (oder Müll-Tintenfische) haben sich in der ganzen Galaxis ausgebreitet. Sie werden bis zu 10 Meter lang und leben vor allem in der Kanalisation, ernähren sich von Abfall und werden manchmal in Raumstationen zur Müllverarbeitung eingesetzt. Ältere Exemplare sind sehr aggressiv und ergreifen ihre Beute mit ihren sieben Tentakeln.

Mynocks sind Parasiten, die im Weltraum leben. Sie heften sich an Energieleitungen und Signalemitter von Raumschiffen und ernähren sich von der austretenden Energie, wobei sie die Systeme stark beschädigen.

Die Worrt-Wesen des Ödlands auf Tatooine greifen beinahe alles an, was sich bewegt. Jabba hält sich Worrts im Garten außerhalb des Palasts.

Wampa

Aufrecht sind Wampa-Eiskreaturen über drei Meter groß und jagen Tauntauns und andere Kreaturen über die Schneefelder von Hoth, wo ihr Geheule nachts mit den eisigen Winden verschmilzt. Wampas sind verschlagene Jäger und normalerweise Einzelgänger, doch man kennt Fälle, bei denen sich Wampas auf intelligente Weise zusammengeschlossen haben, um sich Bedrohungen wie menschlichen Siedlungen zu stellen.

Die Steinwarze von Tatooine benutzt ein neurotoxisches Gift in seinem Biß und Stachel, um sogar große Beute zu töten.

Rancor Monster

Aufrecht ist dieser furchteinflößende Fleischfresser fünf Meter groß und besitzt eine gepanzerte Haut und kolossale Stärke. Jabba hält es in einer Grube unter seinem Palast gefangen, füttert es mit unglücklichen Opfern und beobachtet das Ganze mit großer Heiterkeit. Jabba behält die Herkunft seines bizarren Haustiers für sich, doch es gibt kaum bekannte Legenden über rancorartige Wesen auf dem Planeten Dathomir.

DATEI ABLAGE

♦ Dianogas verändern ihre Farbe, um sich ihrem letzten Mahl anzupassen, und werden durchsichtig, wenn sie schon länger nichts mehr gefressen haben.

♦ Jabbas Haustiersauger (unten) sieht harmlos aus, kriecht aber nachts auf seine Opfer zu, um ihr Blut zu saugen, indem er mit seinem Nasenstamm durch Kleidung oder Decken sticht.

Der Tierhüter Malakili wurde ein Gesetzloser, als einige seiner Zirkustiere während einer Vorstellung entkamen und einen großen Teil der Zuschauer töteten. Jabba heuerte ihn als Aufpasser für das tödliche Rancor an, den Malakili bald lieb gewann.

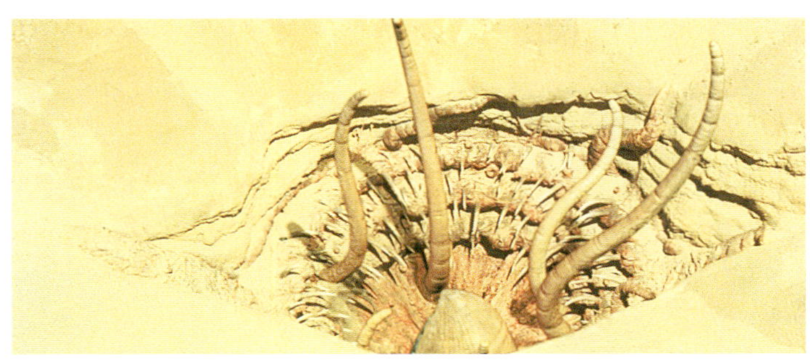

In der großen Grube von Carkoon wartet der Sarlacc mit seinen Tentakeln auf seine Opfer, lockt sie in seinen tiefen Schlund, »aus dem es kein Entkommen gibt«. Der Sarlacc verdaut über hundert Jahre langsam seine Opfer, indem er sie mit seinem Verdauungssystem verbindet und sie am Leben erhält, um sich an ihrem gequälten Bewußtsein zu nähren – das ist die einzige Gesellschaft, die der Sarlacc kennt.

Droiden

DROIDEN FÜHREN Tausende von unterschiedlichen Dienstbotenaufgaben aus, sparen Arbeitskräfte, führen gefährliche oder präzise Arbeiten durch und nehmen so viele Formen an, wie es Aufgaben gibt. Ihre Fähigkeiten zu denken und zu kommunizieren reichen von Protokolldroiden, die entworfen wurden, um sich in die Gesellschaft einzufügen, bis zu Wartungsdroiden, die nicht direkt mit Menschen sprechen können. Droiden werden als Sklaven und drittklassige Bürger betrachtet und von denen verachtet, die »keine Maschine mögen, die zurückmault«. Diejenigen, die ihnen etwas Respekt entgegenbringen, werden merken, daß ein paar Droiden eigene Persönlichkeiten und Identitäten haben.

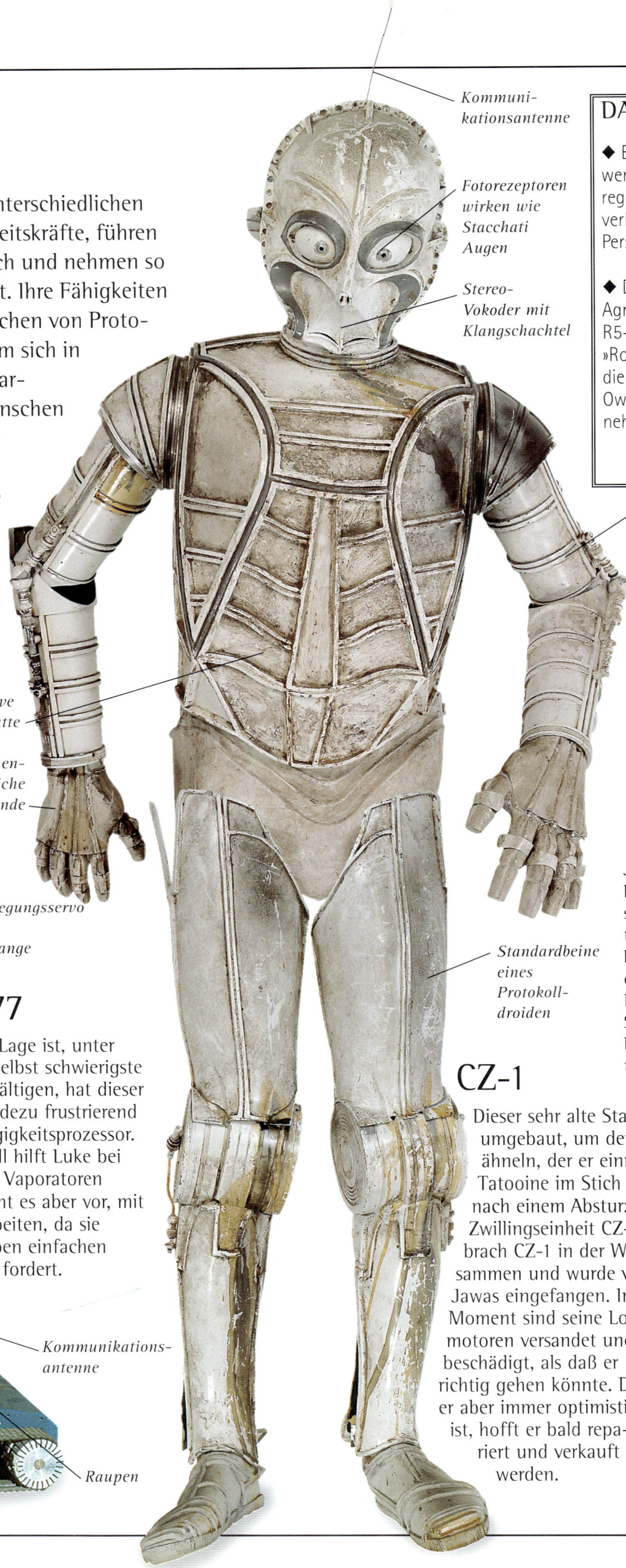

DATEI ABLAGE

◆ Bei den meisten Droiden werden die Speicherbänke regelmäßig gelöscht, um zu verhindern, daß sie eine Persönlichkeit entwickeln.

◆ Der Motivator des Agromechdroide R5-D4, genannt »Roter«, explodierte, so daß Owen Lars R2-D2 nehmen mußte.

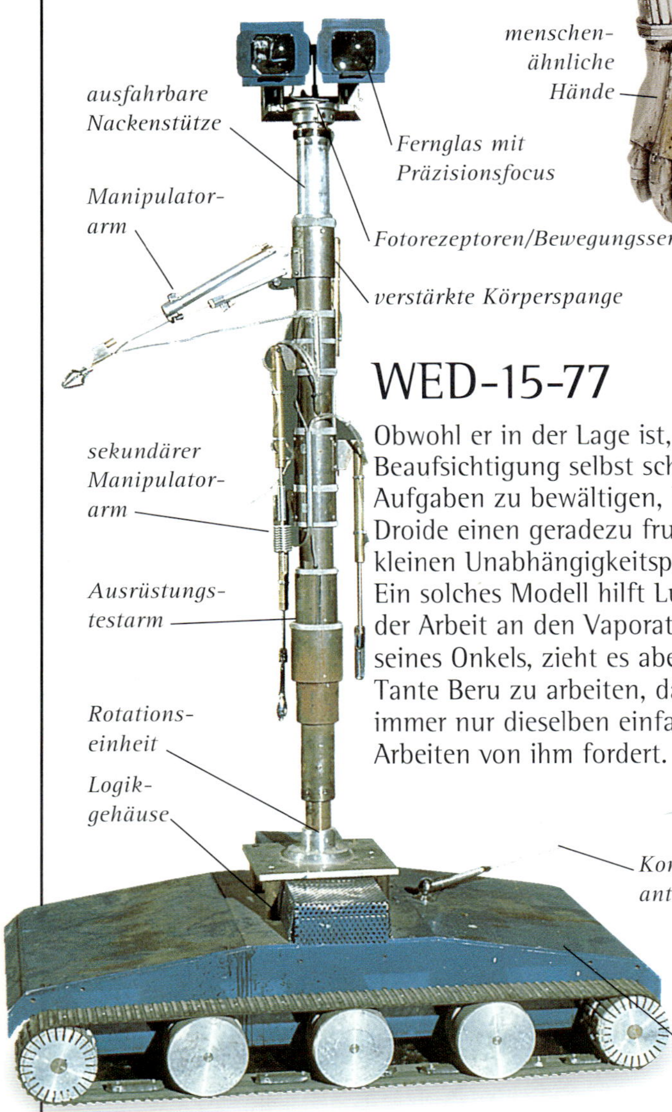

WED-15-77

Obwohl er in der Lage ist, unter Beaufsichtigung selbst schwierigste Aufgaben zu bewältigen, hat dieser Droide einen geradezu frustrierend kleinen Unabhängigkeitsprozessor. Ein solches Modell hilft Luke bei der Arbeit an den Vaporatoren seines Onkels, zieht es aber vor, mit Tante Beru zu arbeiten, da sie immer nur dieselben einfachen Arbeiten von ihm fordert.

CZ-1

Dieser sehr alte Standard-Protokolldroide wurde umgebaut, um der Spezies der Stacchati zu ähneln, der er einmal diente. Auf Tatooine im Stich gelassen und nach einem Absturz von seiner Zwillingseinheit CZ-3 getrennt, brach CZ-1 in der Wüste zusammen und wurde von Jawas eingefangen. Im Moment sind seine Lokomotoren versandet und zu beschädigt, als daß er richtig gehen könnte. Da er aber immer optimistisch ist, hofft er bald repariert und verkauft zu werden.

Jawas versuchen alles mögliche zu verkaufen, wobei sie Owen Lars sogar diesen antiken R1-G4-Droiden anbieten. Eine Reaktordrone wie dieser alte Droide könnte im Maschinenraum eines großen Sternenkreuzers zu Hause sein, hätte aber auf einer Feuchtigkeitsfarm nicht viel zu tun.

Von Jabbas grausamem Hof beeinflußt, beschädigt der Aufseherdroide absichtlich arbeitsunwillige Genossen.

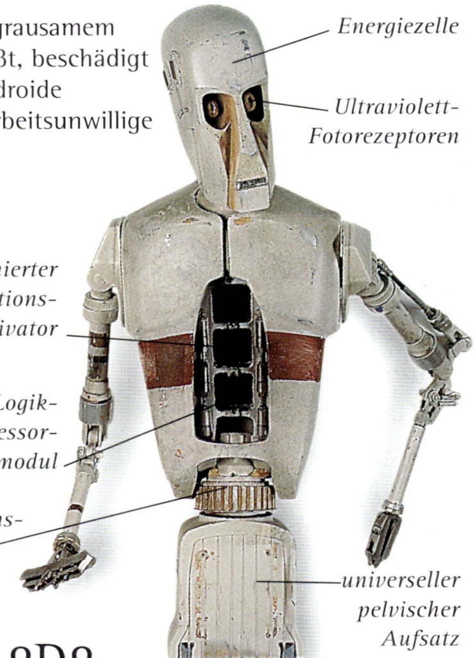

8D8

Der frühere Verbindungsdroid zwischen Mensch und Maschine wurde so designt, um der schlanken Rasse der Trinn zu gleichen. Er erhielt eine Neuprogrammierung und dient nun in der Folterkammer von Jabbas Palast.

EV-9D9

Der Droide von Jabba the Hutt kontrolliert mit brutalen Methoden die Dienstleistungsdroiden, bis sie nahezu auseinanderfallen, und wendet im Palast bizarre Formen von Droidenfolter an, um die Arbeitsleistung weiter zu verbessern.

AV-6R7

Das imperiale Droidenaufsehermodell der V-Serie beaufsichtigt Droiden, die für Grand Moff Jerjerrod am zweiten Todesstern arbeiten. Die Arme wurden ihm zur Strafe entfernt, da ihm ein beschädigter Energiedroide nicht aufgefallen war.

LIN-V8K

Dieser schwer gepanzerte Bergbaudroide legt Sprengkörper und kann durch Strahlung, Nebel und sogar Sand sehen. LIN wurde aus einer verlassenen Militärbasis geborgen und von den Jawas wiederhergerichtet.

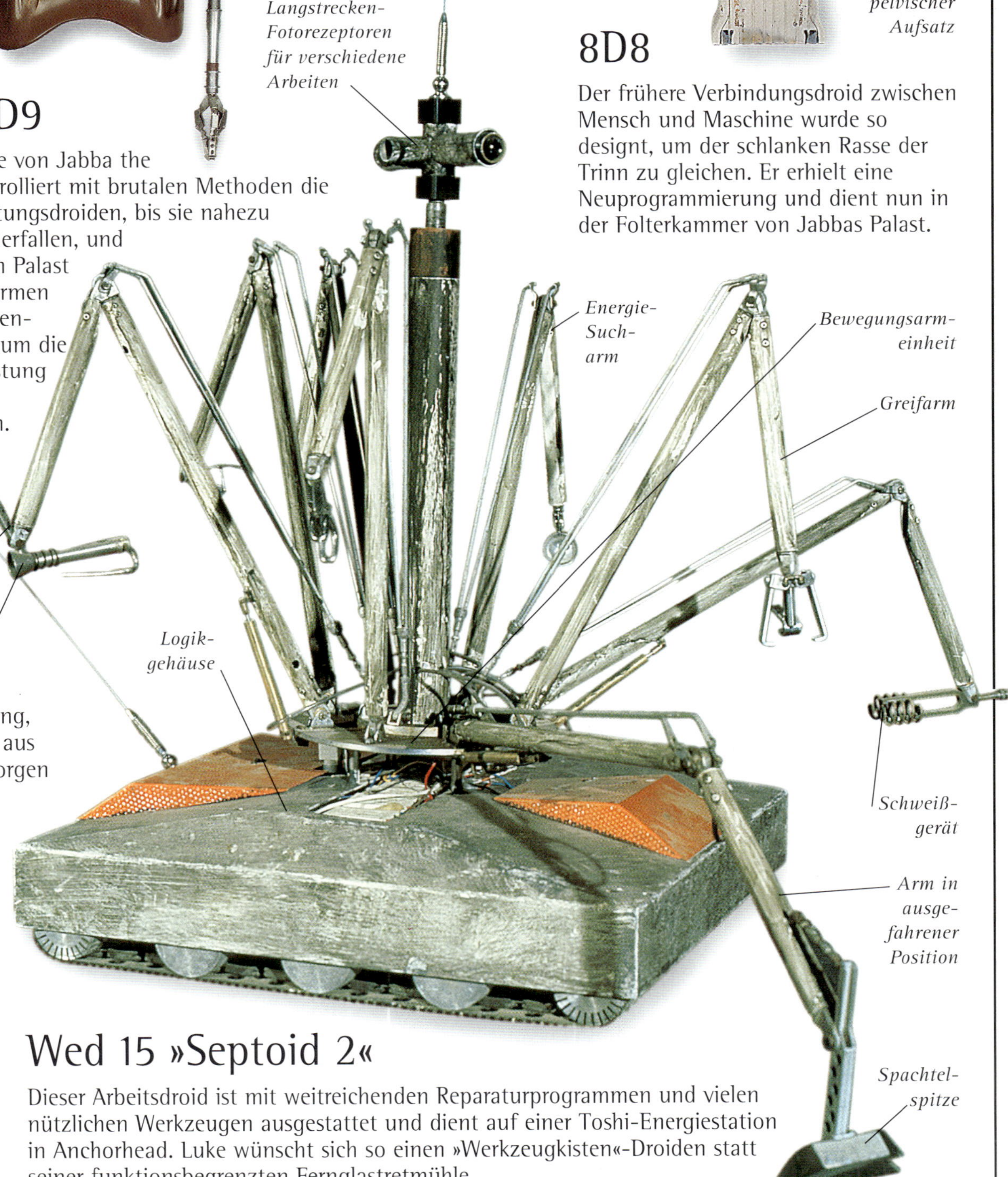

Wed 15 »Septoid 2«

Dieser Arbeitsdroid ist mit weitreichenden Reparaturprogrammen und vielen nützlichen Werkzeugen ausgestattet und dient auf einer Toshi-Energiestation in Anchorhead. Luke wünscht sich so einen »Werkzeugkisten«-Droiden statt seiner funktionsbegrenzten Fernglastretmühle.

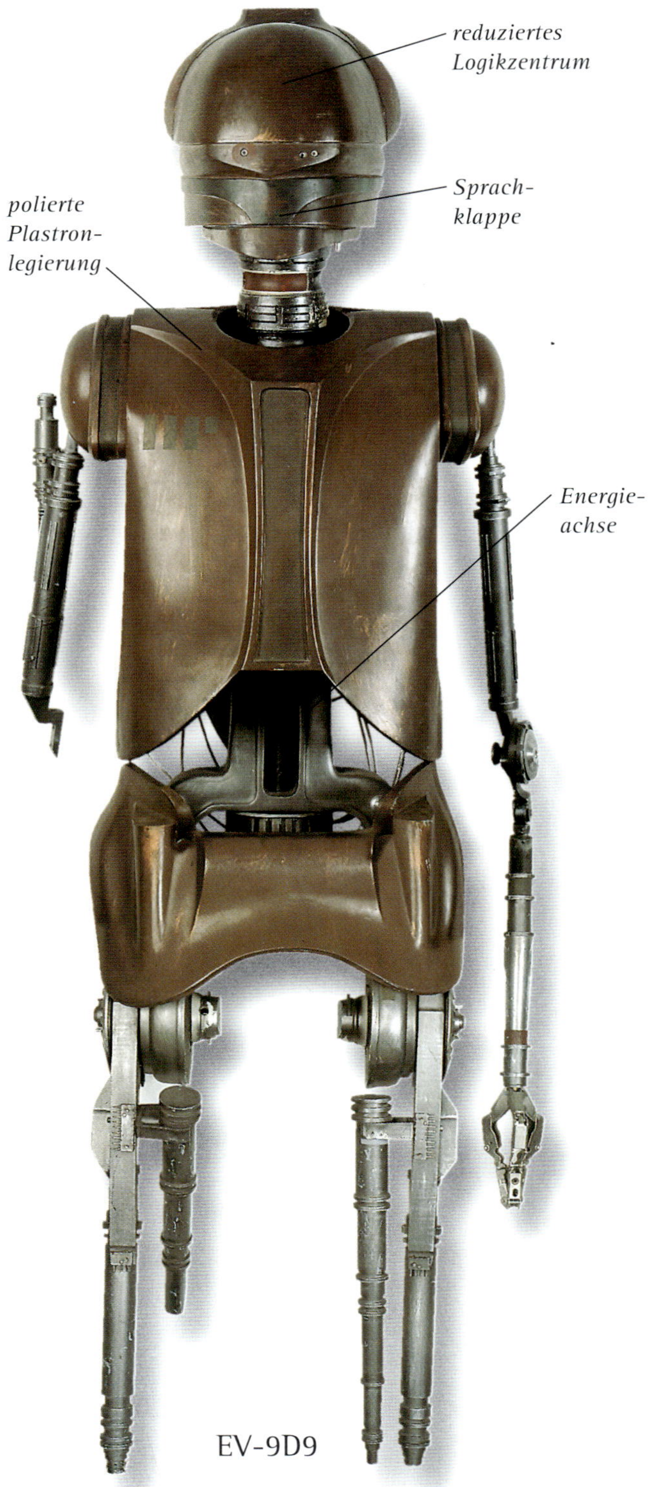

EV-9D9

Heyne Allgemeine Reihe
Nr. 01/10211

Besuchen Sie uns im Internet:
http://www.heyne.de

Ein Dorling Kindersley Buch
Originaltitel: STAR WARS Visual Dictionary
Copyright © 1998 Lucasfilm Ltd., San Rafael
Title and character names
protected by all applicable trademark laws.

Project Art Editor: Iain Morris
Project Editor: David Pickering
Managing Art Editor: Cathy Tincknell
DTP Designer: Kim Browne
Production: Louise Barrett, Katy Holmes & Steve Lang
US Archivist: Paloma Anoveros
US Picture Research: Cara Evangelista
US Photo Library: Halina Krukowski & Tina Mills

Copyright der deutschen Ausgabe
© 1998 by Wilhelm Heyne Verlag GmbH & Co. KG, München
Satz der deutschen Ausgabe: GRAMMA GmbH, München

Printed in Italy 1998
ISBN 3-453-14990-4

Anmerkungen

Der Autor möchte sich besonders bei den Leuten bedanken, die dieses Projekt erst möglich machten: Paloma Anoveros, Kuratorin des *Lucasfilm Archives*, erlaubte uns mehr Photosessions als ursprünglich geplant, und half uns immer wieder, auch noch so obskure Modelle hervorzukramen und zu restaurieren. Ihre Unterstützung machte viele der interessantesten Bilder dieses Buches erst möglich. Gillian Libbert, *Character Appearances Coordinator* von Lucasfilm, unterstützte uns bei den neuen Fotos von Darth Vader und Boba Fett. Cara Evangelista, *Lucasfilm Licensing Division's Publishing Coordinator*, arbeitete sich mit Charme durch die niemals abreißende Flut von Bildanfragen und stellte immer die qualitativ hochwertige Auswahl zusammen, die wir brauchten. Don Post von *Don Post Studios* ermöglichte uns an seinem lebensgroßen Kopfgeldjägermodell neue Einblicke in die obskuren Waffen von Boba Fett. Mathew Clayson von *Hi-Impact Productions* fertigte einige Stücke der Sturmtruppen-Panzerung und stellte sie uns zur Verfügung. Andere neue Modelle wurden von Anne Marie Reynolds, dem Autor selbst, und Edward Endres von den *Fyberdyne Laboratories* angefertigt. Anne Bies stellte die Kostüme der Cantina-Band neu zusammen und sorgte dafür, daß sie während des gesamten Shootings der Band gut aussahen. Fon Davis und Mark Buck von *ILM* spielten bei diesem Shooting die Instrumente. Marc Wendt aus dem *Lucasfilm Product Archives* stellte uns die Lichtschwert-Kopien zur Verfügung. Und natürlich war Steve Sansweets Manuskript der großen *Star Wars Encyclopedia* eine zuverlässige und gutgeschriebene Informationsquelle für dieses Projekt.
Dorling Kindersley möchte sich bedanken bei: Giles Keyte für seine zusätzlichen Fotos, aufgenommen in den *Leavesden Studios*, England; Nelson Hall für zusätzliche Fotos, aufgenommen in der *Skywalker Ranch*, Kalifornien. Nick Turpin für seine Lektoratsassistenz; Anne Sharples und Peter Fickling für Designassistenz; Helen Stallion für ihre zusätzliche Bildrecherche in England.
Der Wilhelm Heyne Verlag dankt Cordula Siefert von der *SDK Verlags GmbH* für ihre Unterstützung; Hans-Joachim Meier für seine herstellerische Geduld; Helmut Wiesmann und Klaus Beutel für den schnellen Satz.